「つまらない冗談なんか言ってないで、そこ、どいてください」
だが、藤巻は手首を掴んでいる手にぐっと力をこめた。
「恋愛相談に乗ってくれた相手に惚れるのって、普通有りでしょ」

テミスの天秤 とある弁護士の憂い

オハル

LiLiK Label
大誠社リリ文庫

本作品はフィクションです。
実在の人物・団体・事件などには一切関係ありません。

Contents

イラスト／みずかねりょう

1

暗闇に無数の光が散らばっている。

長い光の帯は車のヘッドライトか、それともテールランプか。

車、そして乱立するビル、ネオン。もう見慣れてしまったそれらの光を眺めていた白石公平《しらいしこうへい》は、小さく息をつくと、テーブルに置いたネクタイを手に取った。

これで最後だ――。

そう心の中で呟き、ネクタイを結ぶ。

「公平」

ふいに名を呼ばれ、白石は手を止めた。

「もう帰るのか？」

ベッドに寝転がっていた男が、ゆっくりと体を起こす。鬱陶《うっとう》しげに髪をかき上げた男は、身支度を整えている白石に向かって言った。

「どうしたんだ？　まだ日付は変わっていないだろう？」

その声に何も答えず、白石はソファの背に引っかけていたスーツのジャケットを羽織る。

その拍子に小さなものがころりとポケットから転がり落ちた。

ころころと転がる金色のバッジ。床に落ちたそれを拾い上げた白石は、複雑な笑みを浮かべた。

ひまわりは自由と正義を、天秤は公平と平等を――。

自分の名と同じ意味を持つそれを見詰め、白石はふんと小さく鼻を鳴らした。

何が公平だ。世の中なんて、不公平だらけだ。

そう心の中で呟き、自虐的に笑う。

それを胸ポケットに仕舞った白石は、そのままドアへと向かった。

「公平？」

ノブに手を伸ばすと、男が少し慌てたような声で白石を呼んだ。

「公平、どうしたんだ？　何か怒っているのか？」

そんな男の言葉に、白石はくすっと小さく笑い声をあげた。

怒っているわけがない。今の自分の感情を言葉にするなら、それは怒りではない。男に、そして自分に対するやるせなさだ。

二年半、体を合わせてきたが、男は結局それを最後の最後まで理解してくれなかった。いや、わかっていながら無視し続けたのか――。

今となってはそれもどうでもいい事だった。どうせ今日が最後の夜になるのだから。

「公平」

男がまた白石を呼ぶ。

そっとベッドを振り返った白石は、男に向かって静かに言った。

「さようなら。もう会いません」


声を振り切り出た夜の街には、まだ人が溢《あふ》れていた。

流れていくタクシーのライトと、街路樹の光。見慣れた夜の街。見慣れたいつもの風景。けれど、もうこの景色を見たくなかった。

幸福の後に訪れる、寂しさと空しさだけを感じるこの景色を、二度と見たくなかった。

そのために今日、男に「さようなら」を言ったのだ。

「さようなら。もう会いません」

通りを歩きながら、自分が言った言葉を思い出すようにそう呟き、白石は星の少ない空を見上げる。

上を向いていないと、涙がこぼれそうだった。

2

新宿《しんじゅく》三丁目駅を出て新宿通りを北に入ったあたりは、飲食店が入ったビルがずらりと立ち並んでいる。居酒屋に焼肉屋、焼鳥屋、スナック等、ビニールシートに覆われた店から、洒落た外観の店まで多種多様な店がそこに軒を連ねて夜を賑わす。

そんな飲み屋に囲まれた細長いビルの三階に、白石公平の仕事場はあった。

雑居ビルの狭い階段を上りきった白石は、古ぼけたスチール製のドアの前に立つと、上がった息を大きく吐き出した。

「今時、エレベーターくらいつけとけよっ！」

思わず悪態をついたものの、今さら言っても仕方ない。事務所がこんなところとわかってて移籍したのは白石自身だ。自業自得だと呟き、白石は書類が満載された重い鞄《かばん》を持ち直した。

茶色い外観をしたタイル張りのこのビルは、一階が居酒屋で、二階には雀荘《じゃんそう》が入っている。最上階の三階が事務所なのだが、表に看板ひとつ無いため、一見すると何の事務所だかさっぱりわからない。わからないどころか、いかにも胡散臭《うさんくさ》そうな外観のせいで暴力団事務所と間違えられたことすらある。

錆《さび》なのか汚れなのか、あちこちにシミが浮いたドアに小さなプレートが貼り付けてあり、それが唯一ここが何の事務所であるのかを示していた。

『藤巻《ふじまき》法律事務所』――。

白地に黒い文字で書かれたそれをちらりと見やり、ふんと小さく鼻を鳴らす。

「法律事務所……ね」

プレートに向かってため息をひとつついた白石は、ノブに手を伸ばした。

「おはようございます」

そう言ってドアを開けた瞬間、白石は眉間に皺を寄せた。

六十平米ほどの広さの部屋は、ビルの外観と同じく、やはり古ぼけた印象が否めない。

こぎれいにしていれば、これはこれでレトロ感があるとも言えなくはないが、いかんせん、ここの責任者にそんな気持ちは微塵《みじん》も無いようだった。

部屋の一番奥、窓を背にした場所に大きな机があり、その手前に少し小ぶりの机が向かい合わせで置かれている。壁の片側にはファイルが収められた本棚が数本。

見た感じは普通の会社事務所と何ら変わりない。ただし、それらがきれいに片付けられていればの話だ。向かい合わせに置かれた机のうちのひとつを除けば、部屋の全てが雑然としている。早い話が散らかり放題と言ったところだった。

白石が六本木《ろっぽんぎ》にある三上《みかみ》法律事務所からここに移籍して三ヶ月。この部屋がきれいに片付けられていたことなど一度も無い。それどころか、日に日に散らかり具合が酷くなっている気がする。

「今日までに片付けておくって言ってたくせに」

思わず愚痴《ぐち》をこぼした白石は、ひとつだけ整理整頓された机に鞄を乗せた。

今朝一番で依頼人から受け取ってきた書類を鞄から取り出し、ひとつひとつ丁寧にファイルしていく。全てのファイリングが終わり、それらを引き出しに仕舞っていると、低いパーテーションで区切られた一角から盛大なあくびが聞こえてきた。

それに白石は思わず舌打ちをする。わざと大きな音を立てて引き出しを閉めた白石は、部屋の奥へと足を向けた。

部屋の片隅にあるパーテーションの奥には、相談に訪れた来客用にと、ソファセットが置かれている。だが、そのソファが本来の役目を果たす事はほとんど無かった。

そもそも依頼人がこの事務所を訪れる事などめったに無いし、大抵の相談は電話かメールで片がつく。どうしても顔を突き合わせて話をしなければならない場合は、白石たち弁護士が依頼人の指定する場所へと赴《おもむ》けばいい。結果、ソファセットはソファではなく、この事務所の主のお昼寝ベッドに成り果てていた。

ソファの肘掛から突き出した足をまじまじと見やり、白石はうんざりとした面持ちで天井を仰ぐ。言っても無駄だと思いつつも、言わずにはいられない。

「藤巻さん、また帰らなかったんですか」

足に向かって声を掛けると、それがもぞりと動いた。

「もう何日帰ってないんです？　ここに住むつもりですか」

険のある声に、また足がもぞもぞと動く。

「いっそベッドでも置いたらどうです？　何ならホームセンターで調達してきましょうか」

最後通告とばかりにそう言うと、もぞもぞ動いていた足がゆっくりと床に下りた。

「朝っぱらから怖いなぁ……」

眠そうな声と共に、背の高い男がパーテーションの奥から姿を見せる。

「白石君さぁ、何そんなにカリカリしてんの……？」

ネクタイを首に引っかけ、シャツのボタンをふたつほど外した格好で出てきた藤巻正義《まさよし》は、白石の姿を認めると、盛大に大あくびをした。

「あんまりカリカリしてるとお肌に良くないよ？」

「俺の肌の調子より、自分の生活態度を気にしてください。何日事務所に泊まり込むつもりですか」

「そんなに怒らなくても……たったの二日じゃない」

「たったの」という言葉に、白石の視線に険が篭《こも》る。それを察したのか、藤巻は慌てて言いつくろった。

「いや、俺だって帰ろうと思ったよ。思ったんだよ。でも昨日は事務所に帰ったのが真夜中だったんだ。仕方ないからここで寝たって言うか……」

「仕方ないからじゃなくて面倒臭いからでしょう」

「……まぁ、そうとも言うかな」

しれっとそう言った藤巻は、寝癖がついた頭をかきながら部屋の片隅にある流し台へと向かう。小さな棚に置いてあった歯ブラシを手に取ったところで、白石は鋭い声で藤巻を呼び止めた。

「藤巻さん」

「ん？」

「そこで顔を洗うのやめてもらえませんか。そこはお茶を淹れるところです」

「えーと……じゃあどこならいいわけ？」

「奥のトイレに洗面台があるでしょう」

「トイレね……」

「何か不満でも？」

「いえ、別に何も……」

何もと言いつつ不満たらたらの表情で、藤巻はトイレへと向かう。それを見送っていた白石は、散らかり放題散らかった藤巻の机の上からテレビのリモコンを引っ張り出した。

いつになったら買い換える気なのか、古いブラウン管テレビの画像は、目がおかしくなるくらい見え辛い。チューナーを換えるくらいならいっそ新品に買い換えればいいのにと思いつつ、テレビを消した白石は藤巻の机を見下ろした。

本来広いはずの机の上には、分厚いファイルや書類、判例集がそこかしこに積まれ、それらに混じって雑誌や新聞が適当に広げられている。白石が見てもどれがゴミでどれが重要書類なのか全くわからない。これでよく裁判所に提出する書類を間違えずに持って行くものだといっそ感心する。

おまけに、薄汚れたデスクマットにはずらりとキャバクラの女達の名刺が挟み込まれてあった。いったい何枚あるのか、キラキラ名刺のコレクションでもしているのかと言いたくなるような枚数だ。

黒地や赤地に舞い飛ぶ蝶に花に宝石に羽根。影を全部飛ばしたような写真の顔は、皆一様に上目遣いにアヒル口だ。女に興味の無い白石にはどれもこれもが同じに見え、これの何がいいのかさっぱりわからない。

「どんだけキャバが好きなんだよ……」

毎晩キャバクラで散財している金があれば、事務所をもう少しまともなビルに移転すればいいものを。それらの名刺をうんざりと見下ろしていると、ゴミやファイルに埋もれた机の片隅に銀色のプレートが転がっているのを見つけた。長さが三十センチほどのそれを引っ張り出し、軽く指で弾く。

弁護士　藤巻正義――。

そのプレートが無ければ、誰が藤巻を弁護士だと思うだろうか。いや、プレートがあったとしても、ここが弁護士事務所で、あれが弁護士だなどとにわかには信じがたい。

ネクタイをぞんざいに結び、スーツをわざと崩したように着る藤巻は、弁護士と言うよりはまるで場末の街金屋だ。弁護士バッジが胸についていてさえも、それが偽物に見えてしまうあたり、藤巻の胡散臭さは筋金入りと言える。

年齢は白石より九つ年上の三十八歳のはずだが、無精ひげのせいで実年齢よりもやや老けて見えた。さすがに公判や依頼人との接見がある日には剃刀《かみそり》を当てるものの、そうでない時は無精ひげも伸ばし放題。見た目がそう悪くない分、この荒れた感が藤巻の胡散臭さにより拍車を掛けていた。

「あーあ……もう、何でこんな事になってるんだろ……」

思わずそう呟き、しみの浮いた天井を仰ぐ。

ちょうど三ヶ月前、親弁にあたる三上高広《たかひろ》との不倫関係に終止符を打ち、白石は三上法律事務所を飛び出した。

すぐに他の事務所へ移籍できるだろうと考えていたが、現実はそう甘くないという事をその時白石は嫌と言うほど思い知らされた。アソシエイトとして就職活動をしたがなかなか条件に合う事務所が見つからない。独立するには到底資金が足りず、だからと言って合同事務所を立ち上げるための仲間もいない。八方塞がりとはまさにこの事だ。

そんな時に出会ったのが、藤巻正義だった。

その頃の白石は、移籍先が全く決まらず半ば自暴自棄になっていた。いっそ弁護士の肩書きを捨て、一般企業に再就職しようかとすら考えていた。だが、それでも足は自然と法曹関係へと向いてしまう。

その日も何をするでもなく地裁に向かい、ただぼんやりと裁判を傍聴していた。

薬物事件、詐欺事件、窃盗事件と裁判は事務的に淡々と進められていく。

その度に入れ替わり立ち替わり法廷に入ってくる弁護士たち。白石とそう年の変わらない若い弁護士もいれば、いかにもなベテラン弁護士もいる。それらの中でひときわ異彩《いさい》を放っていたのが、藤巻だった。

これから担当する裁判が始まるのだろう、傍聴席の最前列にだらしなく座っていた藤巻は、弁護士どころか、どう見てもチンピラか場末の街金屋だった。

白石が藤巻を見たのはその時が初めてではなかった。

まだ三上の事務所にいた頃に何度か地裁で見かけた事があったし、何より三上が藤巻を毛虫のように嫌っていたため、却って白石の記憶に残っていた。

「クズみたいな事件ばかり拾ってくるどうしようもない弁護士」

そんな三上の酷評どおり、間近で見た藤巻は想像以上に荒れた感のある男だった。

そもそも三上と藤巻は同期でもあり、かつては同じ事務所でイソ弁をしていたと言う。

三上曰《いわ》く、藤巻は恩義ある親弁に後ろ足で砂をかけるような真似をして事務所を去ったらしいが、詳しい経緯はわからない。だが、三上にそうまで言わしめる藤巻とはいったいどんな弁護をするのか、少し興味をそそられた。

そろそろ帰ろうかと思っていたが、藤巻の弁護を見てからでもかまわないだろう。退屈ならばいつでも出て行けばいいと、傍聴席の一番後ろに座り、白石は開廷を待った。

藤巻が弁護をする裁判は、コインパーキング内で起きた単純な傷害事件だった。

恐らく被告人の母親でも証人として引っ張ってきて、情状酌量《じょうじょうしゃくりょう》を求めておしまいだろう。大して興味も無く、惰性で始めた傍聴だったが、裁判が始まったとたん白石は藤巻に釘付けになった。

全くやる気なさげに座っていた藤巻は、弁護人席についた瞬間別人になった。

冒頭手続きだけと思っていた白石だったが、翌週、また翌週と、藤巻が弁護をするこの事件を傍聴し続けた。

そして、単純だったはずの傷害事件は、藤巻が行った証人への反対尋問でがらりと様相が変わった。被告人がふるったとされる暴力は、実は恐喝に対する正当防衛で、おまけに被害者とされていた男性三人は、別の恐喝事件の被疑者として浮上した。結果、判決は無罪。地道に証拠集めをした弁護側の圧勝だった。

確かに、些細な傷害事件など、大手の企業訴訟などを手がける三上から見ればクズのようなものかもしれない。だが、それを弁護した藤巻が『どうしようもない弁護士』かと言われれば、一概にそうとは言えないと白石はその時に感じた。

被告人の言葉を聞き、地道に証拠を積み上げていく藤巻の弁護方針に共感を覚え、白石は藤巻法律事務所の門を叩いた。

アソシエイトは募集していないという藤巻に、ノキ弁でもかまわないから机を置かせて欲しいと頼み、半ば無理やりといった形でこの事務所に転がり込んだ。

転がり込んだまではよかったのだが――。

移籍にあたり、三上からも再三、藤巻のいい加減な人となりを聞かされた。

絶対にやめておけ。後悔する。そう何度も諭《さと》された。

だが、白石は、三上が止めるのも聞かず、藤巻法律事務所のノキ弁となった。

ここに移籍を決めたのは、藤巻と犬猿の仲である三上への嫌がらせの意味も込められている。

意地でも三上の事務所になど戻るものか。三上の力を頼らず仕事を増やし、依頼人の信用を得て必ず独立をしてやる。それが白石の目標だった。

だがしかし――。

そうは思いつつも、この事務所を見るたびに心の天秤が後悔の側に傾きそうになる。

「……やっぱりやめとけばよかったのかな」

薄汚れた事務所をぐるりと見渡し、白石はため息と共に肩を落とした。

飲み屋街の真ん中にある散らかり放題の事務所に、藤巻という胡散臭い事この上ない弁護士。今さら比べても仕方の無い事なのだが、六本木の高層ビルの一室にあった三上法律事務所との歴然とした差に幻滅し、そして落胆する。

事務所が入っているビルの見た目だけに拘《こだわ》っているわけではないが、これでよく法律事務所としてやっていけるものだといっそ感心さえする。自分が依頼者ならば、このビルの外観を見ただけで回れ右するところだ。

「藤巻さんも、悪い人じゃないんだけどな」

ぽつりと呟いた白石は、正面から見えやすい位置に藤巻のネームプレートを置き直し、自分の机に戻った。

ノートパソコンを開いて朝の日課となっているメールのチェックを始める。サイトを通じて毎日入ってくる法律相談のメールは十件ほど。そのほとんどが債務整理と自己破産の相談だ。債務整理に関しては、ここ近年うぞうぞと増えた司法書士による法律事務所にずいぶんと食われてしまったが、債務が百四十万円を越える場合は、法律上司法書士では処理することができなくなる。そういった債務整理が白石のような駆け出し弁護士の主な仕事だった。

今日も三件ほど入っていたそれらの相談に返事をしていると、トイレのドアが勢いよく開いた。

「あー、さっぱりした」

歯ブラシの入ったコップを片手に、藤巻がすがすがしい表情で出てくる。ただし、すがすがしいのは声だけで、外見は先ほどとほとんど変わっていない。いったいどこに剃刀を当てたのか、顎の無精ひげもそのままだった。

「藤巻さん、髭《ひげ》、残ってますけど」

「ああ、いいんだよ。これは俺のトレードマーク」

肩をすくめた白石にウインクを飛ばしながらそう言った藤巻は、コップを棚に置くと、先ほどまで寝転がっていたソファにどっかりと腰を下ろした。

「いやぁ、ソファで寝るとダメだねぇ。肩も腰もバッキバキ」

「いつまで若いつもりでいるんです？　もう四十近いんですから自制してください」

「四十って酷いなぁ。俺、まだ三十八だぜ？」

「四捨五入したら四十でしょう」

あっさりと言った白石に、藤巻がわざとらしく肩を落とす。

「あのさぁ、一桁台は切り捨てでしょ、常識で考えて」

「藤巻さんの常識は世間の非常識です」

「……きついねぇ。ま、白石君のそういうとこに俺はズキュンとくるわけなんだけど」

「藤巻さんがMだったとは知りませんでした。ご希望ならムチでぶってあげましょうか？」

「あぁん。白石君になら、ぶたれてもいいかもぉ」

感じるの痺れるのと体をくねらせる藤巻に、白石は軽蔑の眼差《まなざ》しだけを送った。

藤巻の戯言《たわごと》にこれ以上付き合っていられるかとばかりに、パソコンの画面に向き直る。自己破産の相談と過払い請求の相談に返信を済ませた白石は、コーヒーメーカーを置いてある棚へと向かった。

「コーヒー淹れますけど、いりますか？」

「お願い。昨日から胃の調子が悪いからミルクたっぷり目で」

胃が悪いなら飲まなければいいのにという言葉を飲み込み、コーヒーメーカーをセットする。棚に手を伸ばした白石は、藤巻が愛用しているすし屋の巨大な湯飲みを手に取ると、それをまじまじと見やった。

いったいどこで貰ってきたのか、だるまの形をした湯飲みには大きく『八雲《やぐも》寿司』と書かれている。藤巻はそれがいたくお気に入りらしく、お茶だろうがコーヒーだろうが気にせずその湯飲みを使っている。自分のマグカップとだるま湯飲みにコーヒーを入れた白石は、応接室と書かれたプレートが貼られているパーテーションの中へ入って行った。

「毎晩毎晩キャバクラ通いをするから胃が悪くなるんでしょう。飲みすぎです」

湯飲みを差し出しながら言った白石に、藤巻が反省のかけらも無い顔で肩をすくめる。

「毎晩って、そんなに毎晩行ってるわけじゃないよ？」

「そうですか？　じゃあ、机の上のキラキラ名刺が増えてたのは俺の気のせいなんですね」

「……細かい事見てるねぇ、白石君」

「あれだけ挟んであったらいやでも目に入りますから」

「でも、昨日はさすがに行ってないよ。キャバどころじゃなかったからね」

「そういえば昨日って、畠山《はたけやま》不動産の強制執行の立ち会いに行くって言ってませんでしたか？」

畠山不動産は藤巻が顧問をしている中規模の不動産会社で、倉庫やマンションなどを所有している。北新宿の外れにある倉庫と空き地を資材置き場として建築会社に貸していたが、賃料の不払いが三年近く続き、相談を受けた藤巻が裁判所に強制退去の申し立てをしていた。

その立退きの強制執行が確か昨日で、藤巻はその立ち会いに行っていたはずだ。

「キャバに行けなかったって、強制執行にてこずったんですか？」

尋《たず》ねると、藤巻はいきなり大きなため息をついた。

「それがさぁ、もう最悪だったんだよ……」

「最悪？」

鸚鵡《おうむ》返しに聞いた白石に、藤巻がもう一度ため息をつく。

「あそこの倉庫さ、マンションを建てる予定で、今年のはじめに明け渡し命令が確定してたんだよね。家賃踏み倒してた建設会社が何度言っても立ち退かないもんだから、強制執行の申し立てをしたわけよ」

「その執行日が昨日だったんでしょう？」

「そう。それで畠山さんもトラックとかの手配してさ、執行官と一緒に乗り込んだわけよ。そしたらさぁ……」

「何かあったんですか？」

「あったよ」

「何がです？」

「死体」

「はぁ？」

思い出したくも無いのか、苦虫を噛み潰したような顔をした藤巻は、どっとソファに背をもたれさせた。

「よっぽど切羽詰《せっぱつま》ってたんだろうなぁ。借り主の建設会社の社長がさ、倉庫の入り口のところに、ぶらーんと……」

まるで自分がぶら下がっているかのように体を揺らし、藤巻は頭をかく。

「ドアを開けた畠山さんとこの若いのはそのまま腰抜かすし、執行官は叫んで逃げ出すし、もう大騒ぎ」

「で、藤巻さんはどうしたんです？」

「俺？　別にこういうの初めてじゃないからとりあえず警察に連絡したんだけどさ。何せ第一発見者になっちゃったもんだから、警察にいろいろと聴取されて解放されたのが夜中だったってわけ」

夕食は食いっぱぐれるわ、終電には乗り遅れるわで、結局コンビニで弁当を買って事務所に戻ってきたのだと言う。

「ったく、遺体の第一発見者になるの今年に入って三回目なんだよねぇ。どんだけ運が悪いの、俺」

「強制執行手続きの仕事ばかり受任するからでしょう。普通はそうそう当たるもんじゃないと思いますけど」

「白石君も一回経験してみるといいよ。人生観変わるから」

「別にそんなもので人生観を変えたいとか思いませんけどね」

にべもなく言い放ち、白石はそのまま自分の席へと戻った。

分厚い手帳を開き、依頼人との接見や申請書などの提出期限を細かくチェックしていく。手帳のカレンダーに書いておいた今日の予定を見ていた白石は、そこに書かれてある青い文字に気がついた。

通常、手帳には黒いペンで予定を書き込んでいるが、自分の予定外、つまり藤巻個人の予定を念のために青いペンで書き込むようにしている。書類の提出期日を忘れがちな藤巻のために始めた事なのだが、その青い文字が今日の予定欄に記されていた。

「藤巻さん。今日って二十日なんですけど」

「うん。二十日だね」

白石の言葉に、ソファで雑誌をめくりながら藤巻がのほほんと返事をする。

「何か重要な事を忘れてませんか」

「重要な事？　何かあったたっけ？」

「ええ。藤巻さんにとって重要な事です」

「俺にとって？　えーっと……資源ゴミの日とか？」

藤巻にとって資源ゴミを出す日がどれほど重要だというのだろうか。資源ゴミどころか普通ゴミですらまともに出した事がないくせにという言葉を飲み込み、白石は首を傾げている藤巻をしげしげと見やった。

「もしかして忘れてるんですか？」

「忘れてる？　何を？　何か重要な事なんてあったっけ？」

「藤巻さんが顧問をしている柳川《やながわ》商事さんの控訴状、俺の記憶が確かだったら今日が提出期限だったと思うんですけど」

瞬間、藤巻が大きな音を立ててソファから立ち上がる。

「ちょ……そういう事は早く言ってくれよ！」

慌てて机に戻ってきた藤巻に、白石は呆《あき》れきった眼差しを向けた。

「やっぱり忘れてたんですね」

「べ、別に忘れてたわけじゃないよっ。昨日の立ち会いが終わったらやるつもりだったんだよっ。まさか夜中までかかるとは思わなくて、すっかり――」

「忘れてたんじゃないですか」

「……まあ、そうとも言うけど」

言質《げんち》を取られたとはまさにこの事だ。もごもごと言い訳をした藤巻は、散らかり放題の机から必死でパソコンを掘り起こした。

「だから手帳に書き込むとかして、きちんと管理したらどうですかって俺がいつも言ってるでしょう」

「だってさぁ。書き込んだって、その手帳を失くしたら意味ないだろ？」

「自分のいい加減さを棚に上げて開き直らないでください」

「……最近小姑《こじゅうと》くさいよ、白石君」

ファイルが山積みされた机からようやくノートパソコンを掘り起こし、藤巻は恨みがましそうな目で白石を睨む。だが、その視線を完全に無視し、白石は自分のコーヒーに口を付けた。

今日は朝一で国選弁護を引き受けた依頼人の接見を済ませてきた。午後からは個人破産の資料作成と、離婚訴訟の依頼人との面談を予定している。どちらも急《せ》いているわけではないが、仕事に没頭していれば余計な事を思い出す事もあるまい。

余計な事――。

そう思ったとたんにその余計な事を思い出し、白石は頭を振った。

今も耳に残っている三上の声。

「公平」と白石を呼ぶ時の、あの少しかすれ気味の甘い声を、白石の耳はいつまでも覚えている。

もう会わないと言った。三ヶ月前のあの晩、「さようなら」と言ってホテルを後にした。

なのに、今さら何の未練があると言うんだ――。

カップを机の片隅に置いた白石は、ふっと息を吐き出すと、気を取り直してパソコンに向かった。集中、集中と自分の心に言い聞かせて文書作成ソフトを立ち上げる。さて、と、キーを叩こうとした時、がさごそと机を漁っていた藤巻が困ったような声で白石を呼んだ。

「ねえ、白石君……」

「何ですか」

「印紙と切手の箱、どこに行ったか知らない？」

「印紙の箱？」

「うん。さっきから見当たらないんだよ」

「藤巻さんが座ってる半径一メートル以内の腐海のどこかにあるんじゃないですか」

「……腐海って」

「じゃあ青木ヶ原《あおきがはら》の樹海並って言えばいいですか？」

「……悪かったよ。この書類を提出したらちゃんと机の上を片付けるからさぁ。だから印紙、貸してくれない？」

「トイチでなら」

「弁護士が闇金みたいな事言う？　懲戒《ちょうかい》請求出しちゃうぞ」

「冗談に決まってるでしょう」

げんなりと言った白石は、机の引き出しを開くと小さな箱を取り出した。印紙や切手が額面ごとにきれいに並べられたそれを、藤巻に差し出す。

「利子は結構です。ただし、その控訴状の提出が終わったら机の上を片付けると約束してください」

「するする！　絶対きれいに片付ける！」

ふたつ返事で片付けると言うものの、どうせいつものごとく適当に物を部屋の隅に寄せて終わりだろう。半ば諦め気味に机に戻ろうとすると、今度はスーツの袖を引っ張られた。

「……まだ何か？」

「白石君がきちんとしててホント助かるよ。うん。助かるついでに、控訴理由書の作成、手伝ってくれないかな？」

小首を傾げた藤巻がきらきらとした目で見上げてくる。本人はかわいらしさを演出しているつもりなのだろうが、四十間近の中年男にお願いポーズをされてもただ暑苦しいだけだ。スーツの袖を掴んで見上げてくる藤巻をうんざりと見下ろし、白石は腰に手を当てた。

「報酬は？」

「お金取るの？」

「当たり前でしょう。俺は藤巻さんのイソ弁じゃありません」

頼み込んで藤巻法律事務所に転がり込みはしたが、白石の立場は事務所に机を置かせてもらっているだけのノキ弁だ。以前はイソ弁などと呼ばれていた雇われ弁護士とは違い、藤巻と労働契約を結んでいるわけでもなければ、給料が出るわけでもない。電話やファックスは自由に使わせてもらえるが、ノキ弁という名のとおり、あくまでも事務所の軒先を借りているだけに過ぎない。そのノキ弁である白石が、どうして藤巻の仕事を報酬も無く手伝ってやらなければならないのか。

「じゃあさ、時給千五百円でどう？」

「何の冗談ですか」

「じゃあ二千円！」

「話になりませんね」

「思いきって三千円でどうだ！」

「俺に丸投げするつもりなら、それ相応の金額を提示してください」

きっぱりとそう言った白石は、藤巻の手をふりほどくと、とっとと自分の机へと戻った。

雛形《ひながた》に必要項目を入力するだけの作業は、書類の書き方さえ理解していれば決して煩雑《はんざつ》とは言えない。時間にして三十分もかからないだろう。だが、控訴状や控訴理由書の作成費用として藤巻が依頼人から受け取る金額は、一通につきおおよそ十万円だ。それを時給三千円で請け負うかと問われれば、誰でも答えはノーだろう。

「じゃあさ、いくらなら手伝ってくれる?」

なおもしつこく食い下がる藤巻に、白石は心底うんざりとした目を向ける。

「そうですね。藤巻さんが貰う報酬の半分なら考えてもかまいません」

「そりゃあんまりだよ!」

「ならご自分でどうぞ」

肩を落として机に突っ伏す藤巻を無視し、白石は資料作成を始めた。

弁護士というと、裁判所で公判の立ち会いをしているイメージがあるが、どちらかと言えばその公判に及ぶまでの書類作成が仕事の大半を占めている。煩雑な書類を依頼人に代わって作成するのが弁護士の仕事と言っても過言ではない。ところが、藤巻はその書類作成が大の苦手ときていた。

いや、苦手というよりは嫌いなのだろう。毎回毎回、提出期限まで書類を放置するため、日付が変わる直前に裁判所に飛び込むこともしばしばだ。依頼人も、まさか藤巻がそんな綱渡り的な仕事をしているとは夢にも思うまい。

要は勝てばいいんだよ——。

藤巻は口癖のようにそう言った。

見てくれが場末の街金屋だろうが、書類の提出が期限ぎりぎりだろうが、弁護士は裁判に勝てばいい。依頼人の利益になればそれでいいと言う。

そして、その口癖を実践するかのごとく、藤巻は今日も場末の街金屋のような風体で提出期限ぎりぎりの書類と格闘しているのだった。

書類とファイルに埋もれた机で、藤巻は悪態をつきながらパソコンの画面を睨んでいる。

「本当に学習しない人だよな……」

まるで親の仇《かたき》のようにキーを叩く藤巻をちらりと見やった白石は、ひっそりとそう呟き自分の書類作成に取りかかった。

3

結局、藤巻が控訴状と控訴理由書を仕上げたのは午後三時を過ぎた頃だった。

ちょうど白石も破産事件の受理証明申請書を提出する用事ができたため、ついでにと配達を買って出たのだが、肝心の藤巻の書類がなかなか仕上がらない。もうすぐできるからと言う藤巻を待っているうちに夕方となり、結局二人で地裁へ向かうことになった。

「いつも悪いねぇ」

民事事件係に書類を提出し終えた藤巻は、廊下に出ると開口一番そう言った。

「俺がもたもたしてたせいでこんな時間になってさ」

「全くですね」

廊下に響くこつこつという足音に白石のそっけない台詞《せりふ》が被る。首をすくめた藤巻に、白石はとどめとばかりに言葉を続けた。

「そんな面倒な書類でもあるまいし、どうしてもう少し早目に作っておかないんですか。時間は充分あったでしょうに」

「それはわかってるんだけどさぁ。他の仕事もあったし、まだ大丈夫かなーなんて……」

「間に合ったから良かったものの、書類に不備があったらどうするつもりだったんですか」

書類を放置していたせいで控訴期限に間に合いませんでしたなど、とてもではないが依頼人に言えたものではない。最終的に勝てばいいが藤巻のモットーのようだが、勝つための土俵に上がれなければ元も子もないではないか。

「大丈夫、大丈夫。最悪夜間受付があるから、そっちに持っていけば――」

この期《ご》に及んでまだ横着《おうちゃく》な事を言う藤巻をじろりと睨み、白石はエレベーターに乗り込んだ。

「いいかげん事務員を雇ったらどうですか。もう藤巻さんがひとりでやれる仕事量じゃないでしょう」

一階のボタンを押しながらそう言った白石に、藤巻がもごもごと言い訳をする。

「まあ……それはそうなんだけどさぁ。なかなか条件に合うコがいなくて」

「明朗闊達《めいろうかったつ》、語学力に長《た》けていて仕事が早くスタイル抜群の美人なんていうふざけた条件を掲げるからでしょう」

「だってさぁ。同じ給料払うならそっちの方が良くない？」

何が「だってさぁ」だと白石は心の中で舌打ちをした。

そんな条件を満たす女性が、どうして時給千円ごときでうらぶれた弁護士事務所で働いてくれるというのだ。だいたい、事務員を雇わないから、弁護士である藤巻や白石が自ら訴状や申請書を出しに行かなければならなくなっているのではないか。

そもそも、裁判所に申請書や請書《うけしょ》を出すだけのおつかい的な事は事務員の仕事だ。

藤巻や白石が主に手がけている個人の破産事件、会社の倒産事件にしてもそうだ。それらの事件は、債権者一覧表の作成や資産目録の作成など、提出書類がことのほか多い。債権額はいくら、利息はいくら、資産はいくらと逐一《ちくいち》一覧表を作らなければならないのだが、ほとんどの法律事務所では、それらの雑務は弁護士ではなく事務員たちが作成している。

白石も少しずつ増えてきた仕事に手が一杯で、できることなら事務員に雑務を任せたい。

だが、完全独立の個人事務所ならまだしも、あくまでも藤巻法律事務所のノキ弁である白石が勝手に事務員を雇うわけにもいかない。以前から何度か事務員を雇わないかと藤巻に打診しているが、何だかんだと理由をつけてはうやむやにされて今に至る。

「今日の控訴状の提出期限だってそうです。藤巻さん、完全に忘れてたでしょう」

「白石君が覚えてててくれたじゃない」

「俺は藤巻さんの秘書じゃありません。わかってますか？」

「……全くもって面目ない。反省してます、はい」

本気で反省しているのかしていないのかわからない口調で言い、藤巻は頭をかいた。

「とにかく、事務員の件、そろそろ本気で考えてください」

「うん……まあ前向きに考えとくよ」

藤巻の『前向きに考える』は『そんな気は毛頭ない』と同義語だ。

まるで官僚の断り文句のようにそう言った藤巻に、白石はげんなりと肩を落とした。どうやら藤巻に事務員を雇う気はさらさら無いらしい。雑務に忙殺される日はしばらく続く事になるだろう。

途中で誰も乗り込んでくることも無くエレベーターは一階へと到着する。出入り口へ向かおうとすると、藤巻はいきなり「ちょっと煙草」と薄暗い廊下の奥へ走っていった。

このご時世、いいかげん禁煙すればいいのにと呆れつつ、白石は吹き抜けになっているロビーを見渡した。

そろそろ閉庁時刻の十七時だが、ロビーには結構な数の人がいる。いかにもな法曹人をはじめ、顔を覚えそうなくらい裁判所に足繁く通う傍聴マニア、学校のカリキュラムで見学に来たであろう学生たち。それらがロビーのあちこちにたむろしている。

白石が弁護士になった翌年に裁判員制度が始まったのだが、その前後から傍聴に訪れる人の数が格段に増えたような気がした。

裁判員制度は、裁判をもっとわかりやすく身近なものへ、民意を法廷にという趣旨で始まった。だが、実際問題としてそれは充分に生かされているのだろうかと白石は思う。

裁判員制度は、実施直前のテレビCMだけで数億円、裁判員への日当などで年間何十億円もの税金が注ぎ込まれている。だが、果たして制度自体にそれほどの税金を投入する価値があるのだろうかと疑問に思わなくも無い。

民意はマスコミの情報操作に流されやすい。無実の人をあたかも犯罪者であるかのように報道し、民意を誘導する事も可能だ。市民感覚を法廷に反映させるのは良い事かもしれないが、それによって冤罪《えんざい》を生んでしまっては意味が無い。

法廷はワイドショーではないし、ワイドショーにしてもいけない。実際に代理人として法廷に立つ白石は、制度の存在意義に疑問を感じずにはいられなかった。

ぞろぞろと帰っていく中高年の団体を眺めながら、白石はエレベーター横の壁に背をもたれさせる。藤巻は煙草を吸いに行くと言ったまま帰ってくる様子も無い。まだロビーでうろうろしている学生たちを見るともなしに見ていた白石は、前を歩いて行く同業者の胸元に何気なく目をやった。

スーツの襟に留められた金色のバッジ。正式名称を『弁護士記章』と言い、中心の天秤をひまわりの花びら十六枚がぐるりと囲っている。

ひまわりは「自由と正義」を、そして天秤は「公平と平等」を指す。バッジの裏側には、そのひとつひとつにそれを所有する弁護士の登録番号が刻印されており、ふたつとして同じ番号を持つものは無い。弁護士という仕事を続ける限り、同じバッジを一生持ち続けることになる。

金メッキがほどこされたバッジは、年月を経るごとにメッキがはがれ、地金である銀が浮き出してくる。やがてそれは酸化して黒ずみ、何ともいえない燻《いぶ》し銀となる。

このメッキがはがれ落ちるほどに正義のために戦い抜く——。

銀色になったバッジにそんな思いを抱いている弁護士も少なくない。むろん、白石とて弁護士になった当初はそんな正義感に満ち溢れていた。だが、今はどうだろうか。

このバッジを襟につけて三年、依頼を請けるたびに、公判の立ち会いをするたびに、『正義のため』という初心がぐらぐらと揺れるのを感じずにはいられなかった。

その場限りの反省の弁しか述べない被告人。平気で嘘をつく証人。自分にとって都合のいい事だけをまくし立てる原告、そして被告。ただ流れ作業的に進められていく裁判。

メッキがはがれ落ちるたびに、弁護士としての大切な『何か』が一緒にはがれ落ちていくような気がしてならない。

バッジを睨んでいた目を閉じ、白石は心の中で自問した。

正義と自由とは何なのか。公平と平等とは何なのか。自分はいったい何のために弁護という仕事をしているのだろうか――。

この答えは永遠に出てこないような気がする。

「馬鹿馬鹿しい……」

つめていた息を吐き出し、白石は目を開く。

ふと金属探知ゲートが置かれた出入り口方面を見やった白石は、そこに見知った後姿を見つけ、思わず目を見開いた。

濃いグレーのスーツをそつなく着こなした男が、ロビーのやや中ほどに立っている。男の胸に燦然《さんぜん》と輝くのは、白石と同じ弁護士バッジ。恐らく依頼者なのだろう、しきりに頭を下げている中年男性に、男は鷹揚《おうよう》な笑みを浮かべていた。

「三上……先生……」

まるでその呟きが聞こえたかのように男が振り返る。白石の姿を認めた男は――三上高広は、正面玄関を出て行く依頼者を見送ると、ゆっくりとした足取りで、だが、まっすぐに白石に近づいてきた。

「久しぶりだな、公平」

白石を姓ではなく名で呼び、三上は唇に笑みを浮かべる。三ヶ月ぶりに見たその笑顔に、白石は胸の奥を締め付けられたような錯覚を覚えた。

あの夜、三上との関係は清算した。もう二度と会わないと誓った。だが、それは所詮《しょせん》無理な話なのだ。

同じ弁護士という職に就いている以上、いつ裁判所で顔を合わさないとも限らない。法廷で争わなければならない事だってありうる。

何より、三上の事務所が顧問を請け負っている企業や個人の数は藤巻の事務所と比較にならないほど多い。事件を多く抱えている三上と今まで再会しなかった方が偶然だったのだ。

そして三ヶ月間ずっと続いていた偶然は、突然に終わりを告げたらしい。

「三ヶ月ぶり——か?」

三上の言葉に白石が小さく頷いた。

「疲れた顔をしているな。ちゃんと寝ているのか?」

そう言った三上が、白石に向かってつと手を伸ばす。手が髪に触れる寸前で身を引いた白石に、三上が小さく笑い声をあげた。

「ずいぶん嫌われたみたいだな」

「……ここでそういう真似をしないでもらえますか。迷惑です」

「どこでならいい？　いつものホテルか？」

「プライベートで一切お会いしません。そう言ったはずです」

「オフィシャルならいいということか？」

「そうですね。法廷でならお会いしてもかまいません」

法廷で、と言った白石を小馬鹿にしたように眺め、三上が唇を上げた。

「私と争う覚悟があると？」

「そういう機会があれば」

キッと睨みつける白石に、三上はまた笑い声をあげる。そうしてひとしきり笑った三上は、ふと真顔で白石を見詰めた。

「藤巻のところに行ったのは私へのあてつけか？」

「どうしてそう思うんです？」

「藤巻とおまえのそりが合うとは思えないからさ」

「案外そうでもありませんよ」

「藤巻に惚れたか？」

「惚れる？　まさか」

「どうだか」

ふんと笑った三上は、ふいに白石の肩に手を置いた。

「やり直さないか、公平」

「……何をです？」

「藤巻のところにいてもいい事など何も無いだろう」

「あなたのところにいて何かいい事がありますか？」

「少なくとも今より生活は安定するだろう」

「……今さらあなたの事務所に戻れと？」

「俺たちの関係もだ」

自分たちの関係――。

週末にホテルで会い、逢瀬《おうせ》を楽しみ、日が変わる前に別れる。

妻が、子が待つ家へ戻る三上はそれでいいだろう。だが、白石は違う。

家に帰ったところで誰も白石を待ってはいない。誰もいない部屋に戻り、誰もいないベッドで一人眠る。情事の後にこみ上げてくるのは、寂しさと三上の家族への嫉妬《しっと》ばかりだ。

「妻の事を気にしているのか？」

「そんなもの――いちいち気にしていたら不倫なんてできませんね」

「だったらどうして――」

「ばれたらどうするつもりなんですか？　あなたの奥さんに慰謝料を払うのは俺ですよ。それともあなたが奥さんに慰謝料を払って離婚しますか？　別れて俺と一生添い遂げてくれるんですか？」

一気にそう言い、三上から目を逸《そ》らす。

「まあ、俺も今さらそんな気はありませんけどね」

「だから藤巻のところにいるというのか？　あの男のところにいて何のメリットがある？余計な苦労を背負い込むような真似をしなくていいものを、どうしてわざわざあんないいかげんな男と仕事をする必要があるんだ。どうせ出て行くならもう少しましな――」

「いいかげんで悪うございましたねぇ」

ふいに三上の声に低い獰猛《どうもう》な声が被る。いきなり柱の向こう側から聞こえてきたその声に、白石は驚いて後ろを振り返った。

「藤巻さん……」

いつの間に戻ってきていたのか、柱の陰から藤巻がひょっこり顔を出している。白石の肩をぽんと叩いた藤巻は、にんまりと笑うと白石と三上の間に割って入った。

「ウチのかわいい弁護士に手ぇ出さないでもらえますかねぇ、三上高広センセ」

「これはこれは、フルネームで呼んでくれてありがとう。藤巻正義先生。こんなところで会うとは珍しい。とっくの昔に弁護士会から除名されたかと思ってたよ」

「そっちこそ暴対法違反でとっくに懲戒されたと思ってたよ。相変わらず怖いお兄さんたちのフロント企業の顧問やってるんだろう？　儲《もう》かって笑いが止まらないんじゃないの、三上センセ」

それに何も答えず、三上がふんと鼻を鳴らす。

「それにしても三上センセおん自ら地裁にお出ましとは珍しい事もあるもんだねぇ。ご自慢の美人秘書に逃げられでもした？」

「わざわざ書類の提出に来るどこかの暇な弁護士とは違って抱えている事件が多いものでね。ここには公判の立ち会いにほとんど毎日来てるんだよ」

「胡散臭い企業を抱えてると、さぞ面倒な事も多いんだろうねぇ。ご苦労なことで」

言葉の殴り合いというものがあれば、まさしくこれを指すのだろう。場外乱闘よろしく、藤巻と三上は法廷外で弁護士にあるまじき低レベルな舌戦を繰り広げる。

「白石君はもうウチの弁護士なんだよ。未練たらたらで粉かけないでくれますかね」

「うちの弁護士とは笑わせる。勤務弁護士としての給料も払えず、ノキ弁などという不安定な身分で新人をこき使っているくせに、よくそんな事が言えたものだ」

「こき使うってのは人聞きが悪いね。どっちかって言うと、こき使われてるのは俺の方。おまえこそ妻帯者のくせに、自分の立場を利用して何もわからない新人のイソ弁に手を出してるんじゃないよ。そういうのを対価型セクハラって言うんだ」

「そっちこそ人聞きが悪いことを言うな。私がいつセクハラをしたと言うんだ。だいたい自由恋愛のどこがセクハラだ」

「自由恋愛？　そんな事は離婚届を出してから言えっての。おまえなんか不貞行為の事実で嫁さんに訴えられちまえ、セクハラ弁護士」

「配偶者に対して浮気の慰謝料を請求する場合は、離婚することが前提だ。申し訳ないがうちは夫婦円満で離婚の危機になど直面していないんだよ。そんな事もわからないでよく弁護士が務まるもんだ。依頼人に不利益を与える前に早くそのバッジを返上しろ、間抜け弁護士」

場所柄もわきまえず、弁護士バッジを胸につけたまま藤巻と三上は激しく罵《ののし》り合う。それを眺めながら白石は、うんざりとロビーの天井を仰いだ。

どういった経緯でそうなったのか知らないが、同期であるこの二人は犬猿の仲だった。顔を突き合わせれば互いに舌鋒《ぜっぽう》を繰り出さずにはいられないのはわかっているが、言い争っていい場所と悪い場所がある。そしてここは間違いなく後者だ。

大人気ない事この上ない口喧嘩をどうやって止めようか。いや、もういっそ放置しておいた方がいいのだろうか。いろいろと考えあぐねているうちに、二人の矛先《ほこさき》は徐々に白石へと向いてきた。

「公平、こんな男のところにいつまでもいないで早くうちに戻って来い。おまえの机もまだ置いたままにしてある」

「だからウチのコに手ぇ出すなって言ってるだろ、セクハラ野郎」

「公平はうちの弁護士だ。おまえのような胡散臭い馬鹿弁護士のところにいたところで何のメリットも無い、そうだろう、公平」

「馬鹿弁護士だって？　それって名誉毀損《きそん》だぞ、こら。白石君は自分の意思で俺のところに来たんだよ。白石君の職場を選ぶ自由を束縛する権利はおまえにはないだろう。そんな基本中の基本もわからないなんて、本当におめでたい奴だぜ。なあ、白石君」

　尋ねておきながら白石の答えなどはなから聞くつもりも無いのだろう、再び二人の舌鋒が激しく飛び交う。

　ロビーの片隅で言い合う二人の様子を不審に思ったのか、とうとう正面玄関にいた守衛までもが近づいてきた。

「あのぉ、何かありましたか？」

　だが、守衛がおずおずと尋ねてきた瞬間に、藤巻も三上も息を合わせたようにぴたりと口を閉ざした。ほんの今まで罵り合っていた事など無かったかのように、二人は守衛に向かって穏やかな笑みを浮かべる。

「いやあ、何でもありませんよ。ご心配なく。ちょっと先ほどの法廷での件で事実確認の齟《そ》齬《ご》があったもんでね。こちらの三上先生と話をしていただけですよ」

「そのとおりです。藤巻先生は少しお耳が遠いようですので、つい声が大きくなってしまって。ご迷惑をおかけして申し訳ありません」

終始にこやかに答える二人に、守衛もそうですかと会釈《えしゃく》をして正面玄関へと戻っていく。

だが、守衛が持ち場に戻ったとたん、藤巻が鼻に皺を寄せて三上に凄んだ。

「さっきのは聞き捨てならないな。誰の耳が遠いだって？」

「事実だろう。寄る年波には勝てないみたいだからな」

「そう言うおまえだって今年で三十七だろうが」

「残念ながら三十六だ。勝手に一歳プラスするな」

「俺よりふたつも年下のくせに生意気な口を利いてるんじゃないよ」

「そのふたつ年下と同じ年に習修を受けた馬鹿に偉そうに言われたくないな」

「俺は一回会社に入って、それから司法試験を受けたんでね。世間の波に一度も揉まれてない世間知らずのおまえとは違うんだよ、おぼっちゃま」

「どんな世間の波に揉まれたらそんな風に性格が捻じ曲がるのか、その世間とやらをいっそじっくり見てみたいものだな」

ああ言えばこう言う、こう言えばああ言う。弁護士の口喧嘩ほど鬱陶しいものは無い。どちらも口がたつ分、言葉の応酬が限りなく続く。

しばらく黙って聞いていた白石だったが、ふいに二人に背を向けると無言で出入り口へと向かった。

「ちょ……白石君、どこ行くんだよ？」

「どこ？」

帰りかけた足を止め、白石は肩越しに藤巻を見やる。

「帰るに決まってるでしょう。馬鹿馬鹿しくてこれ以上付き合ってられませんので」

「馬鹿馬鹿しいって、ボスが君のために戦ってるんだよ？　援護射撃くらいしてくれたっていいじゃないか」

「俺のため？　援護射撃？」

藤巻の言葉を繰り返した白石は、くるりと振り返ると、藤巻、三上の両方をキッと睨みつけた。

「俺はあなた方二人に向かって機銃掃射《きじゅうそうしゃ》したい気分ですよ」

4

「悪かったよ。悪かったからそんなに怒らないでよ！」

地裁の正門を出てまっすぐに霞ケ関《かすみがせき》駅へと向かう白石を、藤巻が小走りに追いかける。ようやく追いついたところで、藤巻は白石の腕を掴んだ。

「俺が悪かったって。だからそんなに怒らないでさぁ。ね？」

「別に怒っていません」

「嘘だ。怒ってるくせに」

「俺が怒るような真似をした事は認めるんですね？」

「やっぱり怒ってるんじゃないか……」

悄然《しょうぜん》と肩を落とした藤巻をちらりと見やり、白石はその場に立ち止まった。

「三上先生と藤巻さんの仲が悪いのは知っています。口喧嘩をするなとは言いませんが、場所柄をわきまえてしてくれませんか。同行している俺が迷惑します」

「……悪かったよ。三上の奴が突っかかってくるから、つい――」

「どうして三上先生が相手だとああも噛み付くんです？　同期なんでしょう？」

「同期だからって仲良くしなきゃならない理由は無いだろう？」

だからと言って罵り合う必要も無い。

「何て言うかさぁ、あいつとは昔からウマが合わないんだよ。それに――」

一旦言葉を区切り、藤巻は言った。

「白石君の事もあるし――」

そう言われ、白石はその場に立ち止まった。

藤巻には自分が同性愛者である事は告げてある。三上と不倫関係にあったことも、その三上と別れた事も――。

「あのさ……」

「何ですか」

「俺が言うのもなんだけど、白石君、三上のところに戻った方がいいんじゃない？」

「……それって出て行けっていう事ですか？」

疑問に疑問で返すと、藤巻が少し困ったように頭をかいた。

「いや、その……出て行けとかそういうのじゃなくて。ウチにいるより三上のところでイソ弁やってる方が、割がいいんじゃないかなと思ってさ。ロースクール時代のローンもまだ残ってるって言うし。それにほら、俺、いつも白石君に迷惑ばかりかけてるしさ」

「迷惑をかけている自覚はあったんですね」

「またそういう事を言う……」

「冗談です。そうですね、割がいいだけなら確かに三上先生のところにいた方がいいかもしれません。でも――」

「でも？」

「それ以上に藤巻さんといる方が居心地がいいんです」

「え？」

面食らったような顔をしている藤巻に、白石はほんの少しだけ笑みを見せる。

「まあ、事務所だって正直きれいだとは言いがたいですし、藤巻さんのいいかげんさに呆れる毎日です。けど、ずっと気を張り詰めている必要がありませんから……」

何に対して気を張り詰めているのか明確には答えず、白石は言った。

「三上先生のところには戻るつもりはありません。ただ、無理やり転がり込んだのは俺ですし、藤巻さんの厚意で事務所に机を置かせてもらっているだけですから、もし俺が邪魔だったら、いつでも出て行けと言ってください」

そう言った白石に、藤巻は少し困ったような顔をした。何と答えていいものか迷っているのか、言葉を探すように目を泳がせる。だが上手い言葉は見つからなかったらしい。結局藤巻は何も言わないまま歩き始めた。

ちょうど退庁時刻なのか、周囲の官公庁からぞくぞくと職員たちが地下鉄の出入り口へと吸い込まれていく。それらに混じって階段を下りようとすると、隣を歩いていた藤巻がふいに立ち止まった。

「ああ、そうだ。白石君さ、今日は何か急ぎの仕事残ってる?」

「急ぎってほどのものはありませんが。何か?」

「じゃあさ、晩飯食いに行かない?」

「食事……ですか」

「うん。今日のお礼って言うかお詫びって言うか。ほら、白石君の歓迎会もまだやってなかったしさ。お礼だから、もちろん俺のおごりね」

「そうですね……」

ぽつりと呟き、白石は思案する。

事務所に帰って依頼人に受理証明書のコピーを送れば、特に急ぎの仕事はない。家に帰ったところで誰かが待っているわけでもなく、一人でコンビニ弁当とカップ麵の夕食を取るのが関の山だろう。

「あ、用事があるなら無理にとは言わないよ。断ってくれてかまわないから」

無理強いをしていると思ったのだろうか、慌てて言いつくろう藤巻に白石は思わず苦笑した。

藤巻はいつもそうだ。決して相手に無理強いはしない。食事に誘う時も、飲みに誘う時も、まずどうするか、どうしたいかと相手に意向を尋ねてくる。

相談者との面談も、被疑者への接見の時でさえもそれは同じだ。

藤巻は、依頼人の意向を聞きつつ、共に裁判という長い道を走る併走型の弁護をする。それとは対照的に、三上は自分に一切を任せておけという完全委任型の弁護をする。

藤巻と三上は何もかもが面白いほどに対極的だ。

どちらの弁護のあり方が正しいのか、まだ三年目に入ったばかりの白石にはよくわからない。ただわかるのは、自分は誰かの意思のままに引っ張られ、それについていくのは好きでは無いという事だ。

思わず黙り込むと、藤巻が困ったように頭をかいた。

「え？　何？　俺、何か変な事言った？」

「……いえ。藤巻さんてそういうところだけはよく気がつくんだなと思って」

「そういうところ？」

何のことだかわからないとばかりに藤巻が首を傾げる。それに「何でもないです」と笑いかけ、白石は言った。

「誘ってくれてありがとうございます。どうせ暇なんでお付き合いさせてください」

「オッケー。うまい店があるから連れてってやるよ」

快諾をした白石に、藤巻が上機嫌で階段を下りていく。それを見ながら白石もまたゆっくりと階段を下りていった。

5

書類を片付けて事務所を出ると、藤巻は白石を連れて歌舞伎町《かぶきちょう》方面へと向かった。

花園《はなぞの》神社の裏手から新宿ゴールデン街に入り、勝手知ったる場所とばかりに迷路のような細い路地を歩いて行く。藤巻の後ろを歩いていた白石は、もの珍しそうに路地に突き出した看板を眺めた。

狭い路地に飲み屋が所狭しと並んだゴールデン街は、昔と比べるとずいぶんと趣が変わってきていた。胡散臭く、近寄りがたいといった雰囲気は払拭され、近頃では空き店舗に若者たちが一風変わったコンセプトで店を開くようになっている。老舗と新店舗が入り乱れて軒を連ねる路地は、新宿という土地柄のせいか、何ともいえない不思議な空間になっていた。

やがて狭い階段を上った藤巻は、『天秤』という看板がぶら下がった店の扉を開いた。

「いらっしゃい」という声の後に「あぁ？」という不機嫌そうな声がぶら下がる。カウンターの中でグラスを拭いていた男は、藤巻の姿を認めると、眉間に深い皺を刻ませた。

「一番客はまたおまえか」

だみ声でそう言った男に、藤巻が軽く肩をすくめる。

「うちは八時半開店だって何度言ったらわかるんだ」

「もう八時二十分じゃない。十分早めたって罰は当たらないでしょ」

「おまえが一番客の時点で充分罰が当たった気分だ」

「酷い言い草だなぁ」

そうぼやいた藤巻は、勝手知ったる店とばかりに中に入り、カウンター席の真ん中に腰を下ろす。そうして入り口で立っている白石に向かって手招きをした。

「白石君もさ、そんなとこ突っ立ってないでこっちおいでよ」

「え？　ええ……」

呼ばれて白石はうなぎの寝床のような店に足を踏み入れた。

カウンターに七席だけの小さな店だが、淡いオレンジ色の照明がほどよく配置されているせいか、さして圧迫感を感じさせない。艶のあるカウンターの一番奥には、大きな水盤に花が生けられており、シンプルな中に文字どおり花を添えていた。

促されて藤巻の隣に座ると、男が無言でお絞りを差し出した。

「あ……すみません。ありがとうございます」

「初めて見る顔だな。こいつんところの事務員か?」

「は?」

「残念でした。白石君は事務員じゃなくてうちの弁護士」

藤巻の言葉に、男が驚いたような顔をする。

「弁護士? あんたが?」

「ええ……一応そうです」

「そうか。あんまり若いからてっきり藤巻んところの事務員かと思った。失礼な事言って悪かったな」

「いえ……」

「白石君は若いけどやり手だよ。うちの期待のエースってところ」

「ま、確かにおまえに相談するよりスムーズに事が運びそうだな」

どうやら藤巻のいいかげんな人となりを知っているらしい。男がそう言うと、藤巻は「ひ

でぇ」と呟きカウンターに突っ伏した。

「寝るなら事務所に戻って寝ろ。うちは飲み屋だ。飲まない客は叩き出すぞ」

「飲むよ、飲む」

「いつものか？」

「うん。ハイボールでお願い」

「そっちは？」

「え？　じゃあ藤巻さんと同じものを」

「同じもの？　後悔しても知らないぞ」

ふんと鼻で笑った男は、酒がずらりと並んだ棚から薄い緑色のボトルを取り出した。氷が入ったグラスをカウンターにふたつ並べ、酒を注ぐ。

もう六十も半ばだろうか、白髪交じりの髪を短く刈り込み、顎に髭《ひげ》を生やした男は、バーマンというよりどう見てもスジ者だった。眼光が鋭く、口も悪い。何より頬にある大きな傷が男の人相の悪さをさらに際立たせていた。

器用に酒を作る無骨な手を見ていると、隣にいる藤巻がくすっと小さな笑い声を漏らした。

「怖そうだろ？」

白石のそんな心の内を見透かしたように、隣で藤巻が囁く。それに小さく頷き、白石は店内を軽く見渡した。

男が立つカウンターの後ろには横に長い窓があり、花園神社の白壁が見える。その窓を囲むように棚があり、そこに洋酒のボトルがずらりと並んでいる。数百はあろうかというボトルが並んでいる様子は、店内の狭さも相まって一種圧巻だった。

やがて小さな泡を浮き立たせたグラスがコースターの上に置かれる。それを手に取ると、藤巻がグラスを軽く目の高さに上げた。

「今日もお疲れさん」

そう言われて、白石もまたグラスを持ち上げる。

「お疲れ様でした」

ひやりとしたグラスに口をつけると、とたん独特の香りが口の中に広がった。驚いて目を白黒させていると、カウンターの中で男がふんと鼻を鳴らすように笑った。

「慣れないと結構強烈な味だろう」

「……ええ。何て言うか——」

「正露丸《せいろがん》か？」

「……そんな感じです」

「酷いなぁ。ラフロイグはイギリス王室御用達の酒なんだよ」

そんな二人の酷評に藤巻が不満げな声を上げる。

「確かにちょっと癖があるけどさ、ハイボールにすると飲みやすくなるじゃない」

「ストレートとかロックで飲むより少しはマシだな」

「マシって……それ、バーマンの台詞じゃないでしょ、ミツルさん」

がっかりとした口調の藤巻に、ミツルと呼ばれた男は鼻に皺を寄せた。

「うちだっておまえのためだけに置いてんだよ。アイラなんて癖がありすぎて他に誰も飲まないからな」

「すいませんねぇ、面倒かけて」

「全くだ」

呆れながらミツルが箸と細長い皿をふたつカウンターに置く。

お通しのようだが、皿にはまるで懐石料理の八寸のように凝《こ》った料理が盛り付けられていた。バーのお通しなどナッツかチョコレートが関の山だろうと思っていたが、どうやらこの店は違っているらしい。

感心したようにそれを眺めていると、藤巻が嬉しそうに箸を取った。

「凝ってるだろ？　ここって飲み屋だけど食い物もうまいんだよ。いわば俺の食堂」

「誰のせいでフードメニューが増えてると思ってんだ。バーを定食屋がわりにするのはおまえくらいだ」

「言えば何でも出てくるし重宝してるよ、ミツルさん」

さっそく小鉢の料理を突っついている藤巻に肩をすくめ、ミツルは白石に向き直った。

「白石さんだったっけか。腹減ってるなら何か作るが、どうする?」

「あ、ミツルさん、俺、トマトサラダと明太子スパゲティね。あ、特製ピクルスもよろしく」

「おまえには聞いてない」

一気にまくしたてた藤巻を睨み、ミツルは白石にメニューを差し出した。バーに来てフードメニューが出てくるのもおかしな話だが、ここではそれが当たり前になっているらしい。

結構な種類が書かれているメニューを眺めていた白石は、そのメニューの片隅に天秤のイラストが描かれているのに気がついた。よく見れば、ボトルが並ぶ棚の真ん中にも天秤を掲げた小さな女神像が置かれている。この店の名前が『天秤』だった事を思い出し、白石はまじまじとミツルを見詰めた。

天秤を高々と掲げ剣を持つ女神は、ギリシャ神話に出てくる法と掟《おきて》の女神で、その名をテミスと言う。昔から裁判所や弁護士事務所など司法関係にこの像や絵画がよく飾られており、弁護士バッジの中心部の天秤もまさにこのテミス像の天秤だ。

飾り物としてメジャーでもないそれが、どうしてバーの片隅に飾られているのだろうか。

「あの——」

「何にする?」

「え? あ……まだそんなにお腹空いてなくて」

「じゃあ軽くカナッペでも作ろうか?」

「あ、はい。じゃあそれでお願いします」

色鮮やかなピクルスを藤巻の前に置き、ミツルは無言で奥にあるキッチンへと入っていく。

尋ねようとした事を聞き損ねた白石は、その疑問を藤巻にぶつけてみた。

「あの、ちょっと聞いてもいいですか？」

「ん？　何？」

「もしかするとミツルさんて、法曹関係の方なんですか？」

白石の言葉に、ピクルスを突っついていた藤巻の手が止まる。

「どうして？」

「そこにテミス像があるし、店の名前も『天秤』だから、もしかするとって思ったんですけど」

「さすがっていうか、細かいところに気がつくね、白石君」

きゅうりを頬張りながら言った藤巻は、奥のキッチンに目をやり、にんまりと笑った。

「ご明察どおり、ミツルさんは俺たちの先輩にあたる人だよ。俺が小学生だった頃から弁護士やってた大先輩」

「そうなんですか」

「『新宿の赤ひげ弁護士』って聞いたこと無い？」

「赤ひげ弁護士って――」

司法修習生時代に、先輩弁護士からちらりとその名を聞いたことがある。

「じゃあ、あの人が……」

「そ。南雲満《なぐもみつる》弁護士」

夜の街には法的な問題を抱える者も少なくない。交通事故をはじめとする民事事件、賃金の未払いや就労時間などの労働問題、任意整理に自己破産、果ては刑事事件など、正当な事から後ろ暗い事まで、それぞれが抱える問題はさまざまだ。かつて南雲はそんな夜の住人のために、バーの片隅で夜な夜な無料で法律相談を開いていた。

ボランティアで弁護活動を行う南雲を、新宿の夜の住人たちは親しみを込めて『新宿の赤ひげ弁護士』と呼んでいた。

南雲はある日突然歌舞伎町の真ん中にあった事務所を畳んだと聞いていたが、まさか新宿の飲み屋街でバーのマスターをしているとは思いもしなかった。何より、白石が抱いていた人権派弁護士南雲満という人間像と、このバーのマスターであるミツルが全く一致しない。

「南雲先生って、もう少し……何ていうか、穏やかな感じの人を想像してました」

複雑な顔をする白石に、藤巻がぷっと小さく噴き出す。

「まあ、見た目がどう見てもヤクザだからね。ミツルさん」

「元からあんな風だったんですか？　南雲先生って」

「うーん……そうだねぇ。昔からあんな感じかな。あの人は法廷でも法廷外でも平気で喧嘩しちゃう人だから」

「喧嘩……ですか」

「裁判官相手に馬鹿野郎とか叫んじゃう人だからね。法廷から放り出された弁護士なんてあの人くらいじゃないかな」

「豪傑《ごうけつ》なんだよ」と笑った藤巻は、少し懐かしそうな目でカウンターの奥の女神像を見つめた。

「ま、ミツルさんがいたから今の俺があるようなもんなんだけどね。もしそうじゃなかったら俺は――」

何かを言いかけ、藤巻は口を閉ざす。

それきり黙り込んだ藤巻は、意味深な笑みを浮かべて棚の女神像を見つめている。そんな藤巻を白石もあえて追求しようとはせず、黙ってグラスに口をつけた。

藤巻は司法修習を終えた後、三上と共に桃井正一《ももいしょういち》弁護士のところでイソ弁をしていたらしい。だが、そのわずか二年後に、桃井弁護士事務所を飛び出して今の藤巻法律事務所を立ち上げている。

桃井弁護士事務所は大企業や病院などを顧問先に持つ大手の弁護士事務所で、そこで四年間イソ弁をした三上は、暖簾《のれん》分けのような形で三上法律事務所を独立させた。三上の事務所は引退した桃井の顧客も受け継ぎ、企業顧問の仕事が中心で毎月の実入りも大きい。

どうして一流どころともいえる桃井事務所を辞めてまで藤巻が独立を急いだのか、今まで深く尋ねてみた事は無かった。

三上は、藤巻が後ろ足で砂をかけるような事をして桃井の事務所を出て行ったと言っていたが、詳しい事までは聞いていない。だが、藤巻の口調からすると、恐らく桃井と藤巻の間で何かひと悶着《もんちゃく》あったのだろう。

（ミツルさんがいたから今の俺があるようなもんなんだけどね）

（もしそうじゃなかったら俺は――）

先ほどの言葉を心の中で反芻《はんすう》し、白石は藤巻の横顔を見詰める。

今まで気にもならなかった藤巻の過去と、異様なまでの三上との確執。同期であり、同じ事務所に籍を置いていた二人の間に、いったい何があったのだろうか。いつか機会があれば一度尋ねてみたい。そう思いながら、白石はグラスを傾けた。

店内には、聞こえるか聞こえないかの小さな音でジャズが流れている。それを聞くともなしに聞いていると、大きな皿を手に南雲が奥から姿を現した。

「ほら、明太子スパゲティとトマトサラダ。白石さんには蒸し鶏とホタテのカナッペだ」

南雲が皿をカウンターに置くと同時に、藤巻がスパゲティにがっつく。それに苦笑しながら南雲は窓の側にある柱に背をもたれさせた。

「相変わらずガキみたいな食い方する奴だな。ちったぁ落ち着いて食え」

「書類にてこずってさぁ。朝からほとんど何も食ってないんだよ」

「書類にてこずっただ？　どうせ提出期限ぎりぎりまでほったらかしにしてたんだろうが」

まるで見ていたかのように言った南雲に、藤巻はばつが悪そうに目を逸らす。たとえ南雲が弁護士を辞めても、かつての師弟関係はそのままらしい。藤巻が教師に叱られている生徒のように見え、白石はぷっと小さく噴き出した。

しばらく黙々と酒を飲みアテをつまんでいると、南雲が思い出したように「ああ、そうだ」と手を打った。

「そういやあこの前、区役所の前でサヤカに会ったぞ。おまえによろしくって言ってた」

「は？　サヤカ？　誰だっけ？」

「ったく、覚えてないのか。街金から追い回されてたキャバ嬢がいただろうが」

「ああ！　『エリーゼ』のサヤカちゃん！」

「これでやっと取り立てから逃げなくていいって喜んでた」

「うん、まあ、自己破産だし、喜ぶ事じゃないんだけどね」

ぽつりと言い、藤巻はスパゲティを絡めていたフォークを置く。

「本当の地獄はこれからだと思うよ。社会的信用がゼロになっちゃったんだから」

「あの娘がそれに気付いてればいいんだがな」

少し疲れたように言った南雲は、「貰うぞ」と藤巻がカウンターに置いていた煙草に手を伸ばす。それに火をつけた南雲は、藤巻に目をやるとふうっと煙を吐き出した。

「最近疲れたツラしてやがるな。家にもまともに帰ってないんだろう。不精して事務所のソファなんかで寝てるんじゃないのか」

「嫌だなあ。ミツルさん、見てたの？」

「おまえのやる事なんか手に取るようにわかるさ」

「ミツルさんにはかなわないなぁ」

「どうせまた夜中まで儲かりもしない無料相談会なんかやってるんだろうが」

「無料相談会？　何ですか、それ」

横から尋ねた白石に、藤巻は慌てて酒を口にした。

「何だ、別に隠す事じゃねぇだろうが」

小さな皿に灰を落とした南雲が、皮肉っぽく笑って煙を吐く。

「いや、別に隠すとかじゃないんだけど……わざわざ言う必要もないかなって」

「この人だっておまえが事務所でぐだぐだ寝てる理由を知りたいだろうよ」

「そうだろう？」と言われ、白石はこくっと頷いた。

藤巻がどうして自宅に帰らず毎日のように事務所のソファで寝ているのか、何かの理由があるならぜひとも聞いてみたい。

「理由って……そんな大げさなもんじゃないけど……何て言うか、相談受けてたら夜中とか朝とかになって、それでまあ、家に帰るの面倒臭くなって、つい……」

「だから、その相談って何なんですか？」

「無料の法律相談……だけど……」

「はあ？」

思わず素《す》っ頓狂《とんきょう》な声をあげた白石に、南雲が呆れたように肩をすくめた。

「このあたりは昔も今も金に困ってる奴がわんさかいてな。それに群がるハイエナみたいなのもうろついてる。さっきのサヤカって女もそうだ。ホストに入れあげた挙句、馬鹿みたいに借金抱えてな。この馬鹿は、身動き取れなくなって、もうソープに沈むしかないってところまできてたんだよ。この馬鹿は、そういう困ってるけど金の無い奴のために法律相談やってんだよ」

「藤巻さん、そんな事をしてたんですか？」

「あー、うん。時々ね。まあ、ちょっとしたボランティアって言うか……」

「儲かってもいねぇくせにそんな事ばっかりしてるから、いつまでたってもあんなボロいビルから出られねぇんだよ」

「それをミツルさんに言われたくないなぁ。ミツルさんの事務所だって大概ボロだったじゃない」

口を尖らせる藤巻に、南雲がふんと鼻を鳴らして笑う。

「別に『赤ひげ弁護士』の真似なんかしなくていいんだよ。おまえは自分の思う仕事をすればいい」

「藤巻さんがしょっちゅう事務所で寝てるのって、夜にそういう事をしてるからだったんですか？」

「え？　ああ、うん、まあ……そうっちゃそうなんだけど」

「ああ、そんなの感心して褒めなくていいぞ。この馬鹿は相談ついでにキャバクラで遊んでるんだから」

「キャバクラ？」

眉をひそめた白石に、藤巻が慌てて言いつくろう。

「あ、いや、その、ただ遊んでるってわけじゃないよ？　せっかくだから一杯飲んでいかないかって言われて、それでちょっと店に寄ったって言うか、その……」

「おまえの女遊びは病気だ。無料相談をしてやった上に同伴だのアフターだので売り上げに貢献してやるとか、馬鹿じゃないのか。だいたい昔から女をとっかえひっかえ落ち着かねぇし、美香子《みかこ》の事にしたって――」

「あーっ、あーっ、ミツルさんっ、余計な事付け足さなくていいって！　白石君もそんな事真に受けなくていいからっ」

慌てる藤巻に肩をすくめた南雲は、白石にふと向き直った。

「まあ、見てのとおりこいつはかなりいいかげんな男だから一緒にやっていくのは大変だろう」

「ええ、まあ――」

あえて否定もせず頷いた白石に、南雲が苦笑する。

「無精者でやる事なすこと大雑把《おおざっぱ》だが、根は悪くない奴だ。見た目もこんなのだから誤解されやすいが、これもこいつのポリシーみたいなもんでな。あんたも苦労するだろうが、大目に見てやってくれ」

「藤巻さんのあの格好ってポリシーなんですか」

「ああ。一緒にいたらわかると思うが、こいつに相談を持ち込むのは、皆脛《すね》に傷持つ奴らばかりだろう？」

確かに言われて見ればそのとおりだ。場末のクラブで働く女、傾きかけた会社、胡散臭い不動産屋。藤巻のところに相談にやってくる者たちは、どこか後ろ暗い部分を持っている気がする。

頷いた白石に小さく笑いかけ、南雲は言った。

「そういう連中だから、依頼する弁護士様があまりパリっとしてたら、何となく相談しにくいだろう？　藤巻はそういう奴らのために壁を取っ払ってんのさ」

「藤巻さんのこれって擬態みたいなもの……ってことですか？」

「そうだな。でもまあ、こいつの場合、擬態っていうより半分以上見た目どおりなんだけどな」

「……ミツルさん、それって褒めてんの？　貶《けな》してんの？　どっち？」

「最大限褒めてるだろうが。文句あるか」

「ぜんぜん褒められてる気がしないのはなぜなんだろうなぁ」

不満げに言った藤巻は、半分ほど空いたグラスに手を伸ばすと、白石にちらりと目を向けた。

「何か、聞かれたくない事聞かれちゃったなぁ」

「いえ――。まさか藤巻さんがそんな事をしていたなんて思いもしなかったので、ちょっとびっくりしました」

「相談っつっても、役所でやってる無料法律相談程度の事しかやってないけどね」

照れ臭そうにそう前置きし、藤巻は言った。

「法ってさ、結構どうとでも解釈できるように作られてるだろ？　だから法を知らないよりは知っていた方が得じゃない？　でもほとんどの人は法の使い方なんて何も知らなくて損してる。俺はそういう損をしている人をほんの少しだけ手伝いしてるってわけよ」

「金も無いくせに無報酬でな。おまえの人好しには呆れて物が言えないな」

「だーかーらー、それをミツルさんに言われたくないってのっ」

南雲に向かって顔を顰《しか》めた藤巻はふてくされて酒を口にする。そんな藤巻を眺めながら、白石は妙な違和感を覚えずにはいられなかった。

夜の住人たちを相手に法律相談会を無料で開いている藤巻。

ほとんど毎晩のように飲み歩き、事務所で寝ていた藤巻が、まさか仕事が終わった夜にそんな奉仕活動にも似た事をしていたとは思いもしなかった。

数年前に司法制度が変わり、弁護士が大量生産されたおかげで、都会の弁護士は仕事の食い合い状態だ。弁護士の数が弁護士を必要とする需要以上に増えてくると、そうでなくても少ない仕事を奪い合い、正当な弁護活動で食えない弁護士が増えてくる。

依頼人から暴利を貪る者や、国選弁護費用を水増し請求する者。食えない弁護士を生む事は、イコール経験の未熟な弁護士を生み、倫理観や人間性が欠如した弁護士を生む事に直結する。そしてそれはやがて弁護士を必要としている市民へと跳ね返る事になる。

多額の金を取れる仕事は請け、微々たる金しか取れない仕事は請けない。そんな弁護士も少なくない中、藤巻はあえて微々たる金しか取れない者からの依頼を優先して請けている。

藤巻が新宿の繁華街から出ない理由、だらしなく、街金屋と見まがうばかりの風体を改めない理由。それらの答えが全てここにあるような気がした。

カウンターに片肘をつき、藤巻はのんびりと酒を口にしている。

白石の知っている藤巻と、南雲が知っている藤巻。そして三上が知っている藤巻。それぞれに見せる藤巻の顔は全てが微妙に違っている。いったいどれが擬態でどれが本当の藤巻なのだろうか。そして、擬態していない本当の藤巻正義という男はいったいどんな人間なのだろうか――。

「ん？　どうかした？　俺の顔に何かついてる？」

ふいにそう言われ、白石は慌てて視線を逸らした。我知らず藤巻を凝視していたらしい。

「あ、いえ……何でも――」

「白石君に見詰められたらドキドキしちゃうじゃない」

冗談めかせて笑った藤巻が、グラスを片手にふわりと笑う。その笑顔に白石は一気に鼓動が高鳴ったような気がした。

いつもと何ひとつ変わっていないのに、藤巻がまるで知らない誰かのように見えてくる。

何より、藤巻はこんなにいい男だっただろうか——?。

ふとそんな風に思ってしまった自分を、白石は慌てて否定した。藤巻を相手に何をと思いつつ、ぐっと酒を呷る。

藤巻がいい男?

そんなはずはない。だらしなくて、いいかげんで、無精者で、いつまでたっても机の上を片付けなくて、印紙の箱を行方不明のままにする。それが藤巻という男だ。

そんな藤巻がいい男なわけがない。

この正露丸味のウイスキーのせいで酔ってしまったのだ。そうに違いない。

「気のせいだよ……」

小さく呟き、白石はまた酒を口にする。

こんなのは気のせいだ。

きっと気のせいだ——。

6

（俺は法を知らずに損をしている人の手伝いをしているんだよ）

酒を飲みながら藤巻が照れ臭そうに笑っている。そして、なぜかその隣に三上が腕を組んで立っていた。

もやもやとした風景の中にいる藤巻と三上。

これはきっと夢だ。夢に違いない。

そう思いながら白石は対照的な二人を眺めた。

（相変わらず青臭い事を言う男だ。そんなものは偽善だ。おまえは偽善で自己満足をしているに過ぎない）

そう言った三上に藤巻が反論する。

（偽善？　偽善上等だね。やらない善行よりやる偽善の方がマシってもんだ）

息巻いた藤巻に、話にならないとばかりに肩をすくめた三上が、視線を白石へと向けた。

（その勝手な偽善行為に振り回されている公平が気の毒だな）

（振り回す？　おまえこそ自分のエゴで白石君を振り回しているじゃないか）

（恋愛は自由だ。私は公平を愛している。君とは違うんだよ）

（何が愛しているだ。婚姻を継続しながら恋愛を語るな。俺の方がもっと白石君を大事にし

ている）

言いながら藤巻が白石を振り返る。

（あんな不誠実な男のところになんか戻らなくていい。ずっと俺の側にいればいいよ、白石君）

今度は三上が白石を振り返った。

（あんな偽善者のところにいても何のメリットもないだろう。私のところに戻って来い、公平）

ここにいろ。

戻って来い。

言い争っていた二人が、ふいに白石に向かって同時に手を差し伸べた。

（白石君）

（公平）

差し出されたふたつの手をじっと眺めながら白石は迷った。

果たして自分はどちらの手を取るべきなのだろう。

三上か。それとも藤巻か。

（白石君）

（公平）

二人がまた白石を呼ぶ。

手を取りあぐねていると、三上がふいに一歩近き、耳元に囁いた。

（愛しているよ、公平。私のところに戻って来い）

ベッドの中で囁かれていた睦言《むつごと》のような声が耳をくすぐる。

そのまま三上の手を取りかけ、だが、白石はふと思い止まった。

三上の左手の薬指で何かが光っている。それが何であるかを思い出し、白石はその場に立ち止まる。

体を重ね合っていた時でさえも決して外す事が無かったもの。三上が他人のものであると言う紛うかた無き証拠。

三上の左手の薬指で冷たく輝くプラチナのエンゲージリングをじっと見詰め、白石は自嘲《じちょう》した。

そうだ。自分はそれを見るのが嫌で、さようならを言ったのだ。それを嵌めた手で体に触れられたくなくて、もう会わないと言ったのだ
三上先生、あなたのところへは戻れません――。

そう呟くと同時に、藤巻が白石を呼んだ。

（白石君）

振り返ると真後ろに藤巻が立っている。

（俺のところに残るよな？）

柔らかな笑みと共に、藤巻が白石の腕を引く。思いの外強い力で引き寄せられ、白石はそ

のまま藤巻の胸に倒れ込んだ。ふわりと漂ってきたのは、いつもの甘い煙草の匂いと酒の匂いだった。

藤巻さん――?

見上げたところに藤巻の笑顔がある。

その笑みを崩さないまま、藤巻がきつく背を抱き締めてきた。

(あいつより俺の方がいいだろう?)

ゆっくりと降りてきた唇が、さも当然のように白石の唇を覆う。

とたん、鼻腔にふわりと酒の匂いが漂った。

柔らかな舌で口腔《こうこう》を撫でるようになぶられ、白石は思わず藤巻の腕にすがりついた。

舌が口腔を撫でるたびに鼓動がどんどん速くなり、体の奥がじわりと熱くなっていく。

藤巻さん――。

口づけの合間に名を呼ぶと、藤巻が柔らかな笑みを浮かべた。

(好きだよ、白石君)

再びゆっくりと合わされる唇。

激しい口づけを受けながら、白石は思った。

たぶん、いや、きっとこれは夢だ。夢に決まっている。

夢でなければ、藤巻が自分にこんな口づけをするわけが無い。

これは夢だ。

夢なんだ——。

体がふわりと浮き上がるような感覚に、白石は目を覚ました。

柔らかなものが背にあたり、それがベッドである事を自覚する。

「やっぱり夢だよな……」

そう呟き、白石はもう一度目を瞑《つむ》った。

やけにリアルな夢を見ていた。

藤巻に抱かれる夢だ。

口づけられた時の唇の感触と、酒の匂い。力強い腕の感触。夢の中でのそれらを思い出し、白石はふっとため息をついた。

「欲求不満なのかな……」

誰に言うともなしに呟き、またため息をつく。

三上と別れて三ヶ月がたつが、その間誰とも体の関係を持っていなかった。仕事に忙殺されているとはいえ、白石はまだ若い。時折体の寂しさを持て余す事はあったが、こんな生々しい夢を見たのは初めてだった。

しかも相手が藤巻だなど、欲求不満にもほどがある。

自嘲気味に笑い、ベッドサイドにおいてあるはずの腕時計に手を伸ばす。だが、本来あるはずのベッドサイドのテーブルは無く、代わりに何かふわりとしたものが手に触れた。

「……ん？」

左手に触れているこれは何だろうか。何かの毛のようにも感じるが、そんなものをベッドに置いた覚えは無い。

そのまま手を下へずらすと、何やら弾力のある凹凸したものが指に触れた。

「何だ、これ……？」

本来あるはずのものが無く、無いものがそこにある。いったい何がどうなっているのかわからず、慌てて目を開けた白石は、目の前の光景に言葉を失った。

「おはよう。目、覚めた？」

笑みと共にそう尋ねられ、思わず押し黙る。

おはようと言われ、素直におはようと返せる状況ではない。

見知らぬ部屋の見知らぬベッドに、上半身裸の藤巻が寝転がっている。そして、その藤巻に肩を抱かれて寝ている自分。しかも自分も藤巻と同じく上半身裸で下着姿だ。

先ほどから手に触れていたのは藤巻の顔のようで、どうやら寝ぼけ眼《まなこ》で藤巻の顔を撫で回していたらしい。

朝起きたら、ベッドで男と抱き合っていた。こんな漫画みたいな事があっていいのだろうか。

別に男と抱き合うのはかまわない。むしろ白石の性的指向から言えば、女と抱き合っていた方が由々しき問題だ。だが、この場合、問題は男か女かではない。抱き合っている相手が、毎日顔を突き合わせている藤巻だという事だ。

ベッドに寝転がったまま、藤巻はのほほんとあくびをしている。『自制』の文字を心の中で何度も書いた白石は、大きく深呼吸をして藤巻を見上げた。

「——藤巻さん。五つお聞きしてもいいですか」

「何なりとどうぞ」

「まずひとつ目。ここはどこですか？」

「俺ンち」

「ふたつ目。どうして俺はここにいるんです？」

「昨日、君がバーで酔い潰れたから仕方なく連れて帰った」

「三つ目。俺のスーツが脱がされている理由は？」

「着たまま寝て皺になったら困るだろう」

「四つ目。藤巻さんまで裸なのはなぜです？」

「いつもこの格好で寝てるから」

「これで最後の質問です」

言葉を区切り、ひと呼吸置いてから白石は言った。

「——昨晩、俺に何かしましたか？」

白石の言葉に、藤巻が意味深な笑みを浮かべる。

「……何か、ねぇ」

「何かしたんですか」

もう一度尋ねた白石に、藤巻は意地悪く目を細めた。

「したと言えばしたし、しなかったと言えばしなかったかな」

そう言った藤巻は、笑みを崩さぬまま白石をぐっと抱き寄せた。

「そんなに気になるなら自分で確かめてみれば？」

「わかりました。ではシャワーをお借りします」

「え？」

目を丸くした藤巻を睨みつけた白石は、背に回されていた腕を力一杯振りほどくと、布団を足で跳ね上げた。そのまま勢いよく起き上がり、ドアへと向かう。

いきなり手を振りほどかれた藤巻が、白石のあまりの剣幕に慌てて言葉を付け足した。

「ちょ……ちょっと、冗談だってっ。白石君っ！　冗談だってば！　何もしてないって！」

言いつくろう藤巻をじろりと睨み、白石は部屋のドアを大きく開く。

「風呂場はどこですか？」

「白石君……冗談だって言ってるだろ。本当に何もしてないんだってば」

「ええ。ですから、冗談かどうか自分の目で見て確かめます」

「だーかーらー、何もしてないんだって！　そんな怖い顔しないでよっ」

「そうでしょうね。女好きで毎晩キャバクラに足繁く通う藤巻さんが男相手に勃たない事くらいわかってます」

「女好きとか、キャバに足繁く通うとか、勃たないとか……そんなきっぱりはっきり言わなくても……」

「事実でしょう」

「まあ……そりゃ事実だけど」

「どっちにしても少し頭を冷やしたいのでシャワーをお借りします。風呂場はどこですか？」

「……キッチンの右側」

「ありがとうございます。お借りします」

まだ何か言いたげな藤巻を無視し、白石は足早に寝室から出て行った。

浴室に入った白石は、ドアを閉めるなり頭から熱い湯を浴びた。

「思い出せ……昨日何があった……」

思い出せ、思い出せと何度も呟きながら湯を浴びる。

昨晩、藤巻とゴールデン街の『天秤』というバーで飲んだ。それは覚えている。

『天秤』のマスターがあの『新宿の赤ひげ弁護士』と呼ばれていた南雲満弁護士であることを教えられ、そして、その南雲から藤巻が夜な夜な飲み屋街で無料の法律相談をしている事を聞かされた。

南雲の作ったカナッペを食べ、藤巻が好きだという正露丸味の酒を飲んだ。四杯目まで飲んだ事は覚えているが、その後の記憶が無い。気がつけば朝で、藤巻の腕の中だった。

バーを出た後の記憶を必死で手繰り寄せてみるが、腹立たしい事に記憶の糸はぷっつりと途切れている。

「……ダメだ。ぜんぜん思い出せない」

ぽつりと呟いた白石は、湯を止めてげんなりと肩を落とした。

ラフロイグという酒は、最初は癖があるものの、慣れてくると意外にうまい酒だった。口当たりのよさに、一杯二杯と重ねるうちに、どうやら酔い潰れてしまったらしい。

ウイスキーはアルコール度数が四十度近くあり、酔いが回るのも速い。だが、まさか記憶を失くすほど酔っ払っていたとは思いもしなかった。

そのまま寝ては皺になるからと藤巻がスーツを脱がせたようだが、それも全く覚えていない。もしも藤巻が何かをしていたとしても、恐らくそれすらも覚えていないだろう。

むきになって言い訳をしていたが、藤巻が何もしていない事など百も承知だった。

起き上がった時も体に違和感は無かったし、シャワーを浴びていてもそんな痕跡は全く無い。そもそも、女好きの藤巻が、男を相手に何かできるわけが無いのだ。

そう。藤巻に何かできるわけが無い――。

そう思いつつ、なぜかそれにがっかりしている自分がいた。

自分は藤巻に抱かれたかったのだろうか。

そう思い、すぐさま自分の言葉を否定する。

そんなはずは無い。自分が藤巻に欲情するなど、絶対にありえない。

「馬鹿馬鹿しい――」

そう吐き捨て、白石は浴室の壁に背をもたれさせた。

藤巻は自分の恋愛対象ではない。あんないいかげんでがさつな男は好みではない。自分が好きなのは、もっと洗練されていてクールな男だ。洗練さのかけらもない藤巻に抱かれたいなどと思うわけが無い。

あんな男になど――。

(あいつより俺の方がいいだろう?)

ふいに夢の中での藤巻を思い出し、白石はかっと顔を赤くした。

ゆっくりと合わさった唇。口腔をなぶった柔らかな舌。鼻腔に広がる酒の匂い。

全てが夢のはずなのに、なぜかそれらをリアルに思い出す。

あのまま目を覚まさなければ、夢の中の藤巻はどうしただろうか。自分を抱いただろうか。

そして夢の中の藤巻はいったいどんな風に自分を抱くだろうか――。

どんな風に――。

厚い胸板と引き締まった腰。そして太い腕。スーツを脱いだ藤巻の体は、白石が思った以上にがっしりとしていた。

(そんなに気になるなら自分で確かめてみれば？)

そう言って笑っていた藤巻を思い出すだけで、股間のものがゆるりと勃起し始める。それを見下ろし、白石は自嘲気味に笑った。

藤巻など好みではないと理性が言いつつも、体が正直すぎるほどに藤巻を欲しがっている。

だが、白石はそんな自分の本能を否定した。

違う。これはただの男の生理現象だ。決して藤巻への性的欲求などではない。

三上と別れてから三ヶ月、何度か二丁目界隈《かいわい》には出入りしたが、誰とも付き合っていないし寝ていない。久しぶりに男の体を見て、その欲求不満が表に出てしまっただけだ。若い男なら誰でも経験する夜間陰茎勃起現象だ。ただそれだけの話なのだ。

他人の家でそうすることへの罪悪感を覚えながら、白石は硬くなった自分のものにそっと手を伸ばした。ゆっくりと上下に擦り上げると、それは手の中でぐっと硬度を増す。

「は……ぁ……」

手を上下するたびに、大きく勃ち上がっていく自分のもの。それを慰めながら、くだらない妄想を振り払おうと目を閉じる。けれど、脳裏に浮かんだのは、二年半体の関係を持ち続けた三上ではなく、藤巻の顔だった。

どうして――。

心の中で呟き、白石は自らを慰める。

どうしてこんなにも藤巻を意識してしまうのだろう。

どれだけ振り払おうとしても、脳裏に浮かんでくるのは、藤巻のやる気が無さそうな顔ばかりだ。

たかがひと晩同じベッドで寝ただけではないか。何があったわけでもない。あの夢のような口づけをされたわけでもない。藤巻との関係が劇的に変わる何かがあったわけではないのだ。

なのにどうして――。

行き場の無い藤巻への欲情が止め処無く溢れ出してくる。

藤巻の唇を、背を抱いていた腕を、思いの外厚い胸板を、それら全てが欲しいと思ってしまう。自分を奪いつくして欲しいと思ってしまう。

「は……ぁ……あ……」

壁に背をもたれさせながら、白石は激しく手を動かした。やがて手の中のものが解放を求めてびくびくと震え出す。

「藤巻……さ……ん……！」

絶頂を迎えた白石は、三上ではなく藤巻の名を呼びながら勢いよく精を放った。


一時間後、浴室での秘事はおくびにも出さず、白石は藤巻と並んでマンションを出た。

そして、出た瞬間、目の前の風景に眉をひそめた。

「……藤巻さん、もうひとつ聞いてもいいですか」

「うん。白石君が何を聞こうとしてるか何となくだけどわかった気がするよ」

「だったら話は早いです」

そう前置きし、白石は目の前のビルを見上げた。

たった今出たばかりのマンションから道を挟んだ向かい側に、見慣れた三階建てのビルがある。一階が居酒屋。二階が雀荘。そして——。

窓枠があちこち錆びたそのビルを一瞥し、白石はくるりと藤巻を振り返った。

「見覚えのあるビルが目の前にあるんですが、俺の気のせいじゃありませんよね？」

「うん、気のせいじゃなくウチの事務所のビルだね……」

「ここから事務所まで十メートルありませんよね？」

「うん、そうだね……」

「徒歩で一分とかかりませんよね？」

「うん……そんなもんかな」

「たとえ雨が降っても濡れる距離じゃないですよね？」

「うん……まあ、大して濡れないと思う……けど」

しどろもどろと言い訳をする藤巻をじろりと睨んだ白石は、すっと息を吸い込むと、思いのたけを吐き出すように一気にまくしたてた。

「自宅が目と鼻の先にあるのに、どうして毎晩毎晩事務所のソファをベッド代わりにして寝るのか、どうして事務所のシンクで顔を洗おうとするのか、どうして自分の机の上をくだらない私物で埋め尽くすのか、もし正当な理由があるならそれをきちんと順序立てて俺に説明をしてもらえませんか」

「正当な理由を順序立ててって……そんなに厭味っぽく言わなくてもいいじゃない」

「そうですね。俺もできれば厭味なんて言いたくありません。でも言わずにはいられない俺の気持ちがわかりますか？」

やれ帰るのが面倒だの、電車がなくなったのと言うからどれだけ遠いところに住んでいるのかと思えば、何の事は無い、藤巻の自宅マンションは同一区内、しかも事務所の目の前にあるではないか。

「いやぁ、何ていうかさ、もう習慣になっちゃってるっていうか、前に住んでたのが中野区《なかの》だったんだよ。だからつい飲んだ帰りはそのまま事務所で寝ちゃうっていうか――」

悪びれもせず言った藤巻を見上げた白石は、思わず小さく舌打ちをした。

昨晩、南雲は藤巻のだらしなさは半分くらい擬態だと言っていたが、それは違うと今なら全力で否定できる。だらしなさの擬態は一割で、残る九割は藤巻自身の性格によるものだ。一割の擬態など、擬態の内に入れる方がおこがましい。

どうしてこんないいかげんな男に一瞬でも欲情してしまったのだろう。藤巻をネタに抜いてしまった一時間前の自分を殴りつけてやりたくなる。

「いや、でも昨日はちゃんと家に帰ったよ。だって、ほら、白石君がいたし、ソファはさすがに狭いと思ったから家の方に――」

まだ何かを言い訳する藤巻を、白石はじろりと睨みつける。蛇に睨まれた蛙よろしく、大きな体を小さくした藤巻に向かって、白石はあからさまにため息をついた。

「もういいです。言い訳を聞いたところで何も始まらないですから」

「怒ってる……よね？」

「いいえ。怒る気が失せるくらい呆れてるだけです」

これ以上何かを言う気も失せ、白石は黒い鞄を抱え直した。

「俺は朝から初台署《はつだい》で接見がありますのでこのまま出かけます。昼過ぎには帰ってくる予定ですので、それまでに事務所の机の上とソファ周辺の私物を片付けておいてください」

「昼過ぎって、そんな無茶な……」

「じゃあ百歩譲ってソファの周辺だけでも済ませてください。来客時にそこが藤巻さんの巣になっていると困りますので」

「巣って……だいたいうちに客なんかほとんど来ないじゃない。だったら――」

「何か文句でも？」

「……いえ、何も」

「じゃあ、俺は行きます」

何もといいつつ何か言いたげな藤巻に背を向け、白石は大通りへ向かって歩き始めた。


飲み屋が並ぶ裏通りから新宿通りへ出て駅へと足を急がせる。新宿一丁目、二丁目あたりには飲み屋も多いが、小さな会社も点在している。夜の宴の残りカスとばかりにゴミが積み上がった道を歩いていると、会社員たちがどんよりとした表情で職場へと向かっていた。

朝だというのに皆一様に疲れた顔で道を歩いている様は、まるでゾンビの群れのようだと白石は思った。

訴訟などというものからほど遠い世界にいると思っている彼ら。だが、そんな彼らも何かの弾みで被疑者になり、そして被害者にもなりうる。

平等と公平、そして自分と正義のために——。

そう大義名分を掲げながら、訴訟という名の死肉に群がるハイエナ。それが自分たち弁護士だ。

会社員たちは駅の改札からぞろぞろと排出され、大通りへと歩いていく。それらを見るともなしに眺めながら、白石は新宿駅の改札をくぐった。

7

新宿から京王線《けいおう》で一駅、初台駅で降りた白石は、駅構内から地上に出ると首都高の高架下を西へと歩いた。駅から三百メートルほど歩いたところに、接見を希望している被疑者が拘束されている初台警察署の庁舎がある。

当番弁護士として警察署に接見に赴くのは初めてではないが、行くたびに割に合わない仕事だと思わなくもない。

刑事事件の被疑者として逮捕された者には、弁護権というものが憲法で保障されている。裁判において自ら弁護士を雇う財力の無い者には、国選弁護制度というものがあり、国からの補助を受けられる。国選弁護士と呼ばれるものがそうなのだが、これはあくまでも起訴前、起訴後に限定されており、逮捕直後の取調べ段階で、国選弁護士の選出はない。

財力の無い者は取り調べ段階での私選弁護士を選出できず、そのため、警察官による自白の強制や事実の歪曲などが起こりうる可能性が高くなる。弁護士という防波堤があれば未然に防御できたものを、裁判になってようやくそれらの不当な行為が明らかになるケースも少なくない。

それを防ぐためにできたのが弁護士会による当番弁護士制度で、逮捕された後に当番弁護士を呼んで欲しいと警察に伝えれば、初回接見のみ無料で登録している弁護士を派遣してもらえる事になっている。

当番弁護士制度は逮捕された側にはありがたい制度ではあるのだが、この制度はあくまでも弁護士会によるボランティアで、国から何の補助も出ていない。

当番弁護士が一回の出勤で得る報酬は交通費込みで約一万円。タクシーを使わなければならないような遠い場所での接見の場合、交通費だけで足が出ることすらある。しかもこの報酬は弁護士たちが毎月せっせと弁護士会に支払っている会費からまかなわれているのだから、弁護士にとって有益なのか無益なのかいまひとつわからない。

白石が当番として呼ばれたのは、渋谷《しぶや》区の初台警察署だった。藤巻法律事務所からは電車で一駅の場所にあるため、かかる交通費も知れている。初台駅を出た白石は、朝っぱらから遠くの所轄署でなくてよかったと思いながら、劇場広場前の通りを歩いた。

昨夜、弁護士会から流れてきたファックスによると、被疑者は三十六歳の女性。事件事実は公務執行妨害と殺人未遂だった。

衝動的犯行なのか、それとも計画的犯行なのか、ファックスに詳細は書かれていない。何はともあれ、まずは本人に会って事件事実の確認をしなければ話にならない。

初台警察署の五階建てのビルを見上げた白石は、ふっと息を吐き出すと正面玄関へと入って行った。

一階の受付で接見に来た旨を伝えると、少し待たされた後に狭苦しい接見室へと通された。

どこの警察署に行っても思うことだが、接見室は皆同じような造りで、署内にたった一室だけしか用意されていない。そして狭い。とにかく狭い。三メートル四方の部屋は小さな穴が空いたアクリル板で区切られており、それを挟んで被疑者と向かい合うのだが、男が二人ようやく横に並んで座れるかという広さだ。

その圧迫感のある部屋で待っていると、やがて女性警察官に連れられて女が中へと入ってきた。女性警察官が席を外すのを確認した後、白石はポケットから名刺を取り出した。

「沼田麻里絵《ぬまたまりえ》さんですね？　弁護士の白石です」

そう言って名刺をアクリル板に向かってかざす。だが、椅子に座った麻里絵はそれを一瞥すると、白石に向かってけだるそうに言った。

「本当に来るのね、当番弁護士って」

「……どういうことですか？」

「前に本で読んだことがあるの。もし逮捕されたら『当番弁護士を呼んでください』って言えばいいって書いてあった。言ってみただけなんだけど、本当に来るのね」

くすっと笑った麻里絵がしどけなく頬杖をつき、白石に目を向ける。

化粧気は無いが、美人だと思った。三十六歳と聞いているが、もう少し若く見える。大きな目が印象的な顔立ちは艶やかで、化粧をして着飾れば、さぞ男の目を引くことだろう。

だが、麻里絵の目は、何もかもに興味を失ったかのようにどんよりと曇っていた。

もう何もかもがどうでもいい。そんな風に取れる目だった。

そして、そんな麻里絵のうつろな目に、白石はなぜか嫌悪感を覚えた。

いったいこの嫌悪感は何なのだろうか。一刻も早く接見を終わらせて、国選になるだろう弁護士に事件を預けてしまいたい――。

そんな衝動に駆られながら、白石は麻里絵に形式的に被疑の事実確認をした。

「お名前は沼田麻里絵さんで間違いありませんね？　一昨日、あなたは渋谷区初台二丁目のマンション、ガーデンロイヤルの七階の自宅で島崎忠雄《しまざきただお》さんを殺害しようとした事は――」

「本当よ」

白石の言葉を遮るように麻里絵が言った。

「本当。あの人を殺そうとしたの、あたし」

「沼田さん……」

「結婚してくれるって言ってたのよね、あの人。でも、本当はそんな気なんてなかったのよ。あの晩もいきなり別れてくれって言われて、それで腹が立って刺しちゃった」

悪気のかけらも無さそうに笑い、麻里絵は言った。

「だって五年待ったのよ。あの人が奥さんと別れるって言うから、五年も待ったの。あの人を待ってる間に、あたし、こんなにおばさんになっちゃった」

疲れた笑いを浮かべて麻里絵は中空を見つめる。しばらく口を閉ざしていた麻里絵はつと白石に目を向けると、ぽつりと言った。

「ねえ、先生はいくつ？」

「僕ですか？　二十九歳ですけど……」

「まだ二十代か……あたしより七つも年下なのに弁護士の先生なのね。すごいわ。あたしなんてただのOLよ。おまけに三十六のおばさん。今さら取り返しなんてつかないわ。なのに、あの人は最初から奥さんと別れる気なんてなかったの。五年待たせて、結局別れようなんて虫がいいと思わない？」

「……だから殺そうと？」

「殺す……そうね。結果的にはそうなのかもしれない」

「かも、ということは殺すつもりは無かったという事ですか？」

「包丁を持ち出したのはあたし。でも本当は殺すつもりなんて無かった。ちょっと脅してやろうと思っただけ。だって、あたしが壊したかったのはあの人じゃなくてあの人の家庭だもの」

「家庭——」

繰り返した白石に麻里絵は頷いた。

「悔しかったの。だってあの人にはあったかい家庭があるのにあたしには無いの。何も無いの。先週だったかな、あの人の家をこっそり見に行ったの。あの人、子供や奥さんと一緒にすごく幸せそうに笑いながら庭で花なんかいじってた。そしたらね——」

そう言葉を区切り、どこを見るでもなく麻里絵は言った。

「そしたら、すごく悔しくなったの。あの人を待ってる自分が馬鹿みたいで、悔しくて、悲しくて、それで——幸せそうな家庭をめちゃくちゃに壊してやりたくなった。壊れて何も無くなってしまったら、あの人は私のところに来るかなって、そんな事を思った」

「そんなはずないのにね」と、うつろな目を壁に向けて麻里絵は言う。その目を見ながら、白石はなぜ自分がこんなにも麻里絵に嫌悪感を抱いたのかわかった気がした。

この女は自分に似ているのだ。

妻子ある三上とただならぬ関係にあった二年半。別れを告げて三ヶ月たってもなお三上を心のどこかで思う気持ち。三上の家庭への嫉妬。そんな自分のもやもやとした気持ちの全てが麻里絵に重なる。

「ねえ、先生」

独り言のように事件を語っていた麻里絵がふいに白石を呼んだ。

「あたしどうなるの？　やっぱり刑務所に行くのかな？」

「……もう少し詳しい事をお聞きしないと何ともお答えのしようがありませんが、被疑事実は殺人未遂となっています。沼田さんの場合、前科もありませんし衝動的な犯行ということで、過失傷害致傷に持っていければ、起訴されても執行猶予がつく可能性が高いと思います」

「殺人未遂……そっか、あたし、犯罪者になっちゃったんだ」

少し悲しそうに言い、麻里絵は白石を見た。

「犯罪者か……何かもうどうでもいい気分……」

そう言った麻里絵に白石は眉をひそめた。

「どうでもいいって、どういう事ですか」

「だってもう取り返しがつかないもの。私の人生終わっちゃった感じ」

疲れたように言った麻里絵に、だが白石は「いいえ」と首を横に振った。

「取り返しのつかない事なんてありませんよ」

「どういう事？」

「あなたが反省して、きちんと罪を償う気持ちがあるのなら、取り返しのつかない事なんて無いって言ってるんです」

「ずいぶんと優等生な回答ね」

くすっと笑った麻里絵に、白石は思わず眉を寄せる。

いつだったか、藤巻にも同じ事を言われむっとした。恐らくそれが顔に出たのだろう、麻里絵は白石に向かってくすくすと笑い声をあげた。

「そう怒らないで、先生。優等生な回答だけど、正論だもの。先生の言う事が正しいわ」

「沼田さん――」

「ねえ、先生。誰があたしの弁護をしてくれるの？」

「もし、沼田さんにお知り合いの弁護士がいらっしゃるのなら、その方に依頼すればいいと思います」

「弁護士に知り合いなんていないわ」

「では裁判所から国選弁護人が自動的に派遣されることになりますね」

「白石先生――だっけ。もし、先生にお願いしたらどれくらいお金がかかる？」

「……そうですね。僕だけに限りませんが、刑事事件の弁護を依頼した場合、着手金が三十万円。不起訴や執行猶予がつけば報酬金がほぼ同額。諸費用合わせて七十万円から百万円くらい必要になるかと思いますが」

「百万か……弁護士費用って結構高いのね」

「でも、法律扶助制度を利用すれば無利子無担保で弁護費用を借りる事ができます」

「法律扶助制度？」

「はい。法テラスというものがありますので、その案内を差し入れしておきます。一度そちらをご覧になって――」

「法テラスとか、そんなのいらないわ」

「え？」

「白石先生を雇うのって百万なんでしょ？　それくらいなんとでもなるわ。ねえ、先生。あたしの弁護、お願いできない？」

「は？」

麻里絵の言葉に白石は思わずぽかんと口を開けた。

当番弁護に行ってそのまま受任というケースはそうまれではないが、まさかこの場で麻里絵に弁護を頼まれるとは思いもしなかった。しかも、殺人未遂事件の弁護など、一度も請け負ったことが無い。

「あ、いや、でも弁護人ですし、それはよく考えた上で――」

だが、白石の言葉を遮り、麻里絵は言った。

「他の弁護士はいらない。あたし、白石先生が気に入ったの。百万でも二百万でもいいわ。

あたしの弁護をお願い」

初台警察署を後にした白石は、そのまま駅前にある劇場広場前へと向かった。前庭に面したカフェに入り、ふうっと大きく息を吐き出す。

「面倒な事件、受けちゃったな……」

カフェの目の前にある広場をぼんやりと眺めながら、白石はぽつりと呟いた。

結局、白石を雇いたいという麻里絵に、弁護士選任届けと法律扶助の案内の差し入れをして接見室を出た。後は麻里絵が弁護士選任届けに白石の名を書いて提出すれば、私選弁護士として白石が麻里絵の弁護に当たる事になる。

麻里絵には一応承知の旨を伝えたが、その実、面倒な事件を受任してしまった感が否めなかった。いや、被疑事実自体はさして面倒なものではない。むしろ、事件としては単純すぎるほど単純だ。痴話喧嘩の挙句、衝動的に相手を傷つけてしまったというだけだ。被害者が負った傷もかすり傷程度で、起訴されたところで恐らく執行猶予になるだろう。

長引く事件でもなく、入ってくる報酬もそこそこに大きい。なのに、この仕事が煩《わずら》わしくて仕方ない。

原因はわかっている。煩わしさの原因は、沼田麻里絵という女に対する嫌悪感だ。

今まで当番弁護で当たった被疑者に対して、嫌悪感を全く抱く事が無かったか問われると、答えはノーだ。被疑者に苛々させられる事などしょっちゅうで、正直な話、勝手にしろと怒鳴りつけてやりたくなった事すらある。

反省の色すらなく開き直る者。当番でやってきた弁護士を証拠隠滅《いんめつ》のための道具に使おうとする者。果ては絶対に無罪に持ち込めと恫喝《どうかつ》する者。そんな被疑者に連続して当たっていると、正直言って弁護をする気も失せてくる。

それでも白石たち弁護士は、彼らが警察署や拘置所で不当に扱われないよう便宜を図る。それが当番弁護士としての役目だと、今までそう割りきってきた。

だから、麻里絵に対しても仕事と割りきるつもりでいた。だが、この嫌悪感は何だ。弁護を請けたその瞬間に後悔している自分に嫌気が差してくる。

カフェのテーブルにぱったりと身を伏せた白石は、ぼんやりと広場をうろついている鳩に目を向けた。

「たぶん同属嫌悪……だよな……」

ぽつりと呟き、テーブルに頬杖をつく。

麻里絵に対する嫌悪感は、同じ不倫をしていた者という同属嫌悪だ。

妻子ある男を寝取るという行為への背徳感と、スリル。だが、根底には相手の家庭への嫉妬があった。

嫉妬――。

三上の家庭や妻に対する嫉妬が全く無かったわけではない。だが、三上の家庭を壊し、三上を妻から奪ったところで、自分と三上との間に新しい家庭が築けるわけが無い事くらいわかっていた。

同性同士の婚姻が認められていない以上、三上とは家族になれない。どう足掻《あが》いても法的にも世間的にも家族にはなれないのだ。

何より、三上はそんな事を全く望んでいなかった。

その場限りの遊び。割りきった体だけの繋がり。それが三上と白石の関係だ。

三上は自分のものにはならない。何年、何十年待とうが、三上と自分の関係は永遠に変わらない。

なのに三上の家庭への、妻への嫉妬がどうしても拭いきれなかった。三上の左手の薬指で光るエンゲージリングの存在が赦《ゆる》せなかった。

ただ、自分だけに向けられる愛が欲しかった――。

それが身勝手な思いだという事はわかっている。

だから、白石は三上に別れを告げたのだ。

だが、女である麻里絵にはまだ可能性があった。妻から男を奪い、法的に婚姻を結ぶ事だってできる。だからこそ、麻里絵は可能性に賭け、五年間待ち続けたのだ。

もしも――もしも、男同士でも婚姻を結ぶ事ができたなら、自分は三上を信じて待っただろうか。そして、それが叶わぬ夢と知った時、麻里絵と同じように考え、同じような事をしてしまっただろうか。

ふとそんな事を考え、白石は自嘲した。

自分は麻里絵では無いし、同じ状況下であっても麻里絵と同じ事をするとも思えない。何より、三上との事はもう終わったのだ。

「終わったんだよ……」

広場にいた鳩が、風の音に驚き一斉に飛び立つ。席を立った白石は、ゆっくりと大通りへと向かった。

何となく気鬱なまま白石が新宿三丁目の事務所に戻ったのは、ちょうど正午を過ぎた頃だった。

事務所の扉を開けると、珍しく藤巻が机の前でパソコンに向かっていた。

朝、自分の机の周りとソファの上の私物を片付けておくように言っておいたせいか、ソファ周辺の私物は全てなくなっている。机の上は相変わらず散らかり放題だが、それでもまだ何とかノートパソコンを開くだけのスペースができたらしい。

「ただいま戻りました」

そう言った白石に視線だけを向け、藤巻はまたパソコンに向かう。

自分の席に戻った白石は、書類を片付けながら何気なく藤巻に目をやった。

よほど急ぎの書類を作らなければならないのだろう。モニターを睨む藤巻の表情は珍しく真剣そのものだ。

いつもはやる気があるのか無いのか、だらけきった藤巻だが、いざ本気で仕事を始めた時の集中力はいっそ感心するほどだ。

藤巻は会社を辞めた後、一年間猛勉強の上、司法試験に一発で合格したと聞いている。そのずば抜けた集中力を普段の仕事にもう少し分散させてくれれば言うことは無いのだが、いかんせん、それができないところが藤巻はどうにも不器用だ。

自分の机で書類を片付けつつ、白石はモニターを睨んでいる藤巻の横顔を眺めた。

粗野ではあるが、男っぽい顔だと思った。彫りが深く、ともすれば強面《こわもて》にさえ見える。いかにもホワイトカラーめいた三上とは対照的だ。

毎晩飲んで遊び歩いている割に体もたるんでおらず、腹も出ていない。どちらかと言えば、藤巻は骨太でがっしりとした体型だった。ジムに通っているという話も聞いたことはなく、あまり太らない体質なのだろう。

ふいに藤巻の厚い胸板を思い出し、白石はかっと体が熱くなるのを感じた。

（俺の方がいいだろう？）

　夢の中での藤巻の囁き声が耳によみがえり、ますます体の芯が熱くなってくる。柔らかな唇と舌の感触さえもリアルに思い出し、白石はぞくっと体を震わせた。

　こんなところで浅ましく勃ち上がろうとする自分のもの。頬が火照《ほて》っているような気がして、それをごまかすように、机の隅に立ててある判例集に手を伸ばす。だが、その拍子に手元に積んだファイルが派手な音を立てて床に滑り落ちた。

「わ……うわっ……」

「ん？　どしたの？」

　物が転がる音に、モニターを睨んでいた藤巻が何だとばかりに顔を上げる。

「す……すみません、ちょっと考え事をしていて……」

「考え事？　白石君らしくないねぇ」

　苦笑しつつそう言った藤巻は、またモニターに目を戻す。

　床に転がったファイルを拾いながら、白石は必死で心の動揺を抑えつけた。

　藤巻の顔をまともに見ることができない。見れば見るほどあの唇の感触を思い出す。

　藤巻は何もしなかったと言ったが、果たして本当なのだろうか。何もしていないというのならば、なぜこんなにも口づけをされた感触が残っているのだ。唇の感触も、舌の感触も、夢にしてはあまりにリアルすぎる。

昨日の夜に何があったのか、藤巻は本当に何もしなかったのか、事実を知りたい。だが、それを聞こうにも藤巻は自分の仕事に没頭している。

藤巻は何もしなかったと言った。白石もまた、藤巻に何かできるはずがないと思った。だから、何もなかった。

そう。藤巻との間に何かあるはずがないんだ——。

落ちた書類を拾い集めながら、白石は必死で自分にそう言い聞かせた。

8

朝の八時半。眠い目を擦りながら、白石は新宿通りを歩いていた。

昨日は藤巻の腕の中で目覚めるという最悪の朝を迎え、今朝は今朝でわけのわからない悪夢にうなされて目が覚めた。

寝違えたように首が痛く、頭が重い。正直なところ、ベッドから出るのですら苦痛だった。別に雇われ弁護士ではないのだから、一日くらい仕事を休んで寝て過ごしてもかまわないだろう。そう思いつつも、生来の真面目さが祟《たた》ってか、ベッドから這い出した白石は頭痛を抱えながらいつもの時間にいつもの電車に乗った。

出勤する会社員たちの波に流されながら大通りを歩き事務所へ向かう。表にトロ箱が詰まれた居酒屋の角を曲がった白石は、そこでふと歩調を緩めた。

事務所があるビルの前に若い女が立っている。道に迷いでもしたのか、女はプリントアウトしたような地図を片手に、何かを探すように周囲を見回していた。

朝っぱらから就職活動でもしているのだろうかと思いつつ、前を通り過ぎる。白石がビルの階段を上がろうとした時、ふいにその女が声をかけてきた。

「あの……」

「は？　何ですか？」

「あの、このあたりに弁護士事務所があるはずなんですけど、ご存知ありませんか？」

「弁護士事務所？」

問い返した白石に、女が不安そうに頷く。

「『藤巻法律事務所』というところなんですが、どこにも見当たらなくて……」

見当たらないはずだろう。場所は飲み屋街のど真ん中。表に看板が上がっているわけでもなければ、案内表示ひとつあるわけでもない。そもそも誰がこの古いビルの中に法律事務所があるなどと思うだろうか。

「藤巻法律事務所ならここですが」

そう答えた白石に、女は一瞬驚いた顔をした。一階の居酒屋と二階の雀荘の看板を見上げ、目を泳がせる。もう一度白石を見た女の目は、力一杯後悔しているように感じた。

後悔する気持ちはよくわかると、白石は内心苦笑した。白石が女の立場なら、迷わず回れ右をしただろう。

「何かご相談ですか？」

一応の営業スマイルを浮かべつつそう言った白石に、女が小さく頷く。

「あの……じゃあ、あなたが藤巻……先生？」

「いえ。僕はここの弁護士の一人で白石と言います。ご相談でしたら中でお話をお伺いしますけど」

「え……でも……」

白石の言葉に女が警戒するような目を向けてくる。

「あの……私、藤巻先生に相談があって……その……」

「ええ。もちろん藤巻先生にご相談なさってください。もう来ていると思いますよ。ここで立ち話もなんですから、よかったら中へどうぞ」

入るべきか否か悩むように、女は入り口の階段と白石を交互に見やる。やがておどおどと頷いた女は、白石の後をついて階段を上っていった。

「藤巻先生、ご相談の方が見えてます」

スチールのドアを開いた白石は、たぶんいないだろうと思いつつも、部屋の一番奥に向かって声をかけた。

「……ん？　何？　相談？」

ソファで寝ているだろうと思ったが、今日の藤巻は珍しく自分の机の前にいた。ただし、仕事をしていたわけではなく、机に突っ伏して寝ていたらしい。

白石の声に眠そうに大あくびをした藤巻は、ネクタイを首に引っかけたままのっそりと立ち上がった。

ただ単に飲み歩いていたのか、それとも朝まで法律相談をしていたのか、恐らく家には帰っていないのだろう。スーツもネクタイも夕べのままだ。

いつものだらしなさを十倍に濃縮したような藤巻に肩をすくめ、白石は後ろを振り返った。

「あちらが藤巻先生です」

そう言った白石に、女が怯えたように一歩後ずさる。不信感一杯のその目に、白石は思わず苦笑した。

怯える気持ちはわからなくもない。胡散臭いビルにいる胡散臭さ抜群の弁護士ときては、怯えない方がどうかしている。

「あ……あの……私、やっぱり……」

「大丈夫ですよ。見た目はあんな風ですが、仕事はきちんとしていますので」

慰めになっているのかなっていないのかわからないと自分で思いつつ、白石は女をソファセットに案内して茶を用意した。

茶を出すと同時に藤巻が奥からやってくる。

顔を洗って一応ネクタイだけは結び直したようだが、藤巻はやはりいつもの藤巻だった。着崩れたスーツに無精ひげも相変わらずで、全体からにじみ出る胡散臭さは、ネクタイだけをきちんとしたところで払拭されるはずもない。

「はじめまして。弁護士の藤巻です」

そう挨拶《あいさつ》をした藤巻が、笑みを浮かべながら名刺を差し出す。それを受け取った女は、消え入りそうな声で「野島《のじま》かなえです」と名を告げた。

「えーっと、こちらは同じくうちの弁護士で白石先生。一緒にお話をお伺いしてもいいですかね？」

頷いた野島かなえに、白石もまた名乗りながら名刺を差し出した。

「それで、野島さんのご相談とは？」

「あ……あの……その前にお伺いしたいんですけど……藤巻先生は、その、初回の相談料が無料だって聞いたんですけど……それって本当ですか？」

「ええ。通常三十分五千円が相場なんですが、お金の事を気にしてちゃ何も相談できないでしょう？　だからうちは初回のみ無料で相談を承《うけたまわ》ってるんですよ」

気さくに言った藤巻は、「どうぞ」とかなえに茶を勧めた。

「で、ご相談内容なんですが、どういったものです？」

「あの、私……会社を訴えたいんです」

「訴える？　会社を？」

繰り返した藤巻に、かなえがこくっと頷く。

「それはまた穏やかじゃないですね。どうして会社を訴えたいと？」

「あの……私、契約社員なんです。鶴馬《つるま》商事で仕事してたんですけど——」

「鶴馬商事？」

かなえの言葉に、白石と藤巻が同時に顔を見合わせた。

鶴馬商事と言えば、大手の物流商社で女性が働きやすい職場をスローガンに上げている会社としても有名だ。そして、その鶴馬商事の顧問弁護を担当しているのが、あの三上法律事務所だった。

「ホント、あいつに縁があるねぇ……」

ぽつりと呟いた藤巻に、かなえが不安げに瞳を揺らす。

「あ……あの……何か？」

「いえ、何でもありません。どうぞお話を続けてください」

「はい……あの、私、総務課の課長にセクハラをされて……」

「セクハラですか。具体的にどんな？」

「……残業してたらいきなり抱き締められたり……その……キスされたり……変なメールを送ってこられたり……家にも押しかけてきて……」

「ああ、なるほど。それはれっきとしたセクハラですねぇ」

「それで、会社の相談室っていうところに電話をしたんです。そうしたら……」

翌月に契約満了を言い渡され、解雇されたという。

「解雇、ですか」

「今までずっと更新してきたのに、今回いきなり更新は無いって言われて、私だけやめさせられたんです」

「あなただけ？」

繰り返した藤巻に、かなえは「はい」と大きく首を縦に振った。

「他にも契約社員として働いている方がいるんですね？」

「はい。他の皆はそのまま更新なのに、私だけ更新無しって絶対おかしいって何度も言ったんです。相談室に電話したのが原因としか思えなくて、それも言ったんですけど、契約満了だからってぜんぜん取り合ってもらえなくて。だから私――」

「会社を訴えたい、と」

もう一度頷いたかなえに「なるほど」と呟き、藤巻は茶を口にした。

「それで、あなたが訴えたいのは誰ですか？」

「え？」

「あなたにセクハラをしたという上司を訴えたい？　見て見ぬふりをした仕事仲間？　何もしてくれなかった上に解雇を言い渡した会社自体？」

「あの……私……」

「あなたの要求は何ですか？　職場への復帰ですか？　単なる謝罪？　それとも精神的肉体的苦痛への慰謝料請求ですか？」

「あ……あの……」

藤巻が立て続けに尋ねると、かなえは白石に目で助けを求めた。

そんなにまくし立てるように尋ねなくてもと思いつつ、白石はかなえに笑みを向ける。

「藤巻先生は、訴えたい相手が誰なのか、野島さんが何を求めて訴えるのか聞いているだけです。野島さんは最終的にどうしたいですか？」

「どうって……」

明確な答えが見つからないのか、かなえは困惑した視線をテーブルに落とす。それに助け舟を出すように、白石は言った。

「たとえばですけど、セクハラをした本人とそれを放置した会社を相手取って、謝罪の上で、職場への復帰と慰謝料の両方を要求する事もできます」

だが、そんな白石の言葉に、藤巻は「ですが」と付け加えた。

「時間がかかるかもしれませんよ」

「時間？」

「はい。会社を訴えるのはそう簡単な事じゃない。会社には顧問弁護士ってのが大抵ついてます。あなたが訴えようとしている鶴馬商事ですが、むろん顧問弁護士がいます。訴えるとなると、彼らと全面的に争わなければいけない」

「でも、私は実際にセクハラをされて――」

「その事実を誰かが証明してくれますか？」

「え……」

「一緒に仕事をしていた人でかまいません。あなたがセクハラを受けた事実を証明してくれる人はいますか？」

「それは……」

隣で話を聞きながら、恐らく社内の人間は誰も証言台には立ってくれないだろうと白石は思った。

たかが一契約社員が、実際にあったかどうかもわからないセクハラで会社を訴えている。そんな面倒臭いだけで何の得にもならない上、勤務先を敵に回すような裁判の証人になど、いったい誰が立ってくれるというのだろうか。

「誰か、社内にあなたの味方になってくれそうな人はいませんか？」

畳み掛けるようにそう言った藤巻に、かなえは泣き出しそうな顔で、首を横に振った。

「恐らく孤独な戦いになると思います。和解で済めばいいですが、裁判となると時間もお金もかかります。セクハラの慰謝料の相場はだいたい百万円くらいですが、弁護費用にその大半が消えると思います。それでもあなたは会社を相手に戦いますか？　最後まで戦えますか？」

最後通告のような藤巻の言葉に、かなえはそのまま黙り込んだ。

どれくらいそうしていただろうか。俯いて口を閉ざしていたかなえがぽつりと言った。

「……です」

「どうしますか？」

「もう……いいです……」

消え入りそうな声でそう言い、かなえは立ち上がった。

「やめます……訴えるの……やめます」

「え？　やめるって、でも——」

言いかけた白石を遮るように、藤巻が「そうですか」と席を立つ。

「もしも提訴する気になったらもう一度いらしてください。いつでもお待ちしています」

それに何も答えず、かなえは事務所のドアを開く。

徐々に小さくなっていく靴音を聞きながら、白石はため息をついた。恐らくかなえはもう二度とこの事務所の扉を叩く事は無いだろう。

ソファでは藤巻がのんびりと煙草をふかしている。それに苛立ちを感じ、白石は思わず藤巻に詰め寄った。

「どうしてあんな事を言ったんですか？」

「あんな事って？」

「訴えても無駄みたいな事、別に言う必要なんて無いんじゃないですか」

「じゃあ、白石君ならあの事件、受任する？」

「どういう意味ですか」

「相手は鶴馬商事だよ？　一流どころの会社だよ？　しかもあそこの顧問は三上だ。白石君ならあいつと法廷で戦うかい？」

「もちろん相手が誰だろうと戦いますよ」

「あいつは、たとえセクハラが事実だったとしても絶対に示談なんかで解決させないよ。必ず法廷に持ち込もうとする。それでも戦う？」

「どうしてそんな事を……示談で済ませた方が早いじゃないですか」

「そうしないのが三上だよ。あいつのやり方を白石君も知ってるだろう」

皮肉っぽく唇を上げ、藤巻は煙草を灰皿にねじ込んだ。

「裁判になったら金がかかるからね。個人が弁護士を雇って裁判を続けるにはそれ相応の金がいる。印紙代だって馬鹿にならない。会社は顧問弁護士がいるけど、個人はそうじゃない。相手を困窮《こんきゅう》させて訴えを取り下げさせるっての、三上の常套《じょうとう》手段だよ」

「そんな……」

「地裁で勝訴しても、あいつは必ず控訴してくる。そうなったら、この裁判、何年かかると思う？　どれだけ金がかかると思う？　俺たちは別にいいよ。でもその間、彼女が裁判に耐えられると思う？」

法廷外紛争解決の手続きを経ても合意ができなかった場合、最終手段として事件は法廷に持ち込まれるわけだが、判決までに膨大な時間と金が必要となる。ましてや、民事裁判も刑事裁判と同じく原則公開になっているため、被害者のプライバシーを守りにくくなる。セクハラ事件となると、それなりにプライバシー保護のための配慮はなされるが、それでも百パーセント保護されるわけでもない。

それらにかなえが耐えられるかとなると、恐らく答えはノーだ。

「テレビなんかでさ、簡単に訴えてやるなんて言ってるけど、実際提訴するとなると、金も時間も体力もいるんだよね。何年もかけて裁判に勝っても、賠償金が必ず入ってくるとは限らない。相手に支払い能力がなけりゃお金も取れない。ただの時間の無駄になる事だってある。そういうの、最初に教えてあげないとダメじゃないかなって俺は思うわけよ」

確かに藤巻の言う事には一理ある。役所などで開かれている法律相談会などに行くと、戦えば確実に裁判費用と弁護料が賠償額を上回るだろうという事件の相談を受けることも少ない。裁判に必要な金や弁護費用を聞くや否や、怒って帰ってしまう相談者さえいる。

けれど——。

「じゃあ、藤巻さんは彼女に泣き寝入りをしろって言うんですか」

「そうは言ってないよ」

「でもそういう事じゃないですか」

「自分が納得いくまで戦う気が無いのに提訴とか、時間と金の無駄でしかないじゃない」

そう言って藤巻は短くなった煙草を灰皿にねじ込んだ。

「でもね、もしも彼女が本気で戦う気があるなら、その時は勝つために手を尽くして最後まで戦うよ。だって——」

だってと言葉を区切り、藤巻は白石をちらりと見やる。

口に咥《くわ》えた煙草に火をつけた藤巻は、煙をぷかりと吐き出すと、一呼吸置いて言った。

「俺はいつだって最後の最後まで依頼人の味方だから」

どうしてそんな事をしてしまったのか、白石は自分でもよくわからなかった。気がつけばかなえを追って事務所を飛び出していた。

事務所の階段を駆け下り、通りへと走る。

さっきの藤巻の言葉を、どうしてもかなえに伝えなければと思った。

「どこだ……もう駅に降りちゃったかな」

あたりを見回しながら新宿通りへと出る。新宿三丁目の交差点の雑踏でかなえを見つけた
白石は、全速力で信号が点滅している横断歩道を渡った。

「すいませんっ！　ちょっと待ってください！」

いきなり走ってきた白石に面食らったように、かなえが立ち止まる。

「あ……あの……何か……？」

「あのっ、さっきの件なんですけど！」

息を切らす白石をかなえが不安げに見詰める。

「裁判になると時間がかかるかもしれません。お金もかかると思います。辛い思いをするか
もしれません。でも、もしもあなたが戦うなら、俺たちも戦います。あなたと一緒に全力で
戦いますから」

そう言った白石に、かなえは一瞬困ったような表情する。

「でも私……」

「あなたが戦うのなら、藤巻先生も、俺も、あなたの味方をします。何があっても、最後ま
であなたの味方です。それだけはわかってください」

白石の言葉はどれほどかなえに通じただろうか。

戸惑いがちに頷いたかなえは、白石に向かって頭を下げると、繁華街の雑踏へと消えていった。

9

あれから数日待ってみたが、結局野島かなえが事務所にやってくることは無かった。

白石も、少ないながらもそれなりに毎日の仕事に追われ、公判だ、接見だとあちこちを飛び回っている。そんな多忙な日々に、かなえの事も少しずつ忘れつつあった。

今日も今日とていったい何の厄日なのだろうか、休む間もなく仕事が舞い込み、気がつけば壁時計の針はすでに夜の十一時を過ぎていた。弁護士に労働基準法の適用など無いも同然だが、こんな時間になってもまだ仕事は片付きそうにない。

机の上にある書類の山をちらりと見やった白石は、がっくりと肩を落とした。

午前中に、先日当番弁護で接見に行った初台警察署から連絡があり、沼田麻里絵の弁護人選任届の宅下げに行った。行ったのはいいが、印鑑を持っていくのをきれいさっぱり忘れてまた出直しとなった。いったいどれだけ寝ぼけていたのか、弁護士が商売道具とも言える印鑑を忘れるとは、間抜けすぎるにもほどがある。

新宿三丁目と初台を二往復し、それだけでもげんなりとしていたところに、当番弁護の要請を受け、正午過ぎに大田東署《おおたひがし》へと向かった。接見を終えて事務所に戻ったところで、今度は国選弁護の呼び出しだ。

一日に当番弁護と国選弁護を重ねるとは、いったい何の嫌がらせだと心の中で悪態をつきつつ、二時間かけて被疑者が留置されているという奥多摩《おくたま》警察署まで赴く。覚醒剤使用で留置されていた男の接見を終えて駅に向かっていると、藤巻から電話があり、もう一件当番弁護に行くよう弁護士会から連絡があったと伝言された。しかも場所が足立《あだち》区の本木《もとき》署だと言う。

東京の南と北、西と東を縦断横断し、ようやく事務所に帰ってきた時にはとっぷりと日が暮れていた。

「もう……疲れた……」

ため息と共にそう呟き、ぱったりと机に突っ伏す。

まだ作らなければならない書類があったが、疲れ果ててとてもそんな気になれなかった。別に急ぎの書類でもなく、明日以降でも問題ないだろう。

そもそも事務員さえいれば、これくらいの書類仕事は頼んでおけたのだ。それを藤巻がいつまでたっても雇わないから、毎日無駄に残業しなければならなくなる。

イソ弁ならまだしも、ノキ弁である白石に残業代はない。いっそ独立した方がましなのではと思いつつも、まだそれだけの資金は貯まっておらず、あまつさえロースクール時代の借金が数百万円残っている始末だ。

「最悪だよ……」

精魂つき果て机に顎を乗せていた白石は、ふと横机の片隅に茶封筒が置いたままになっているのに気がついた。

いったい何の封筒だろうか。それに手を伸ばしかけたところで、白石は椅子から飛び上がるように立ち上がった。

「あああぁッ！　忘れてたッ！」

そう叫んだ白石に、モニターを見ていた藤巻が驚いて顔を上げる。

「どうしたの、白石君。いきなり大声あげて」

「久谷《ひさたに》さんの控訴状の提出、今日まででしたッ！」

白石と同時に藤巻も壁に掛けられた時計に目を向ける。

見上げた壁時計の針は午後十一時半を差していた。

書類は全て整っているが、提出しなければ異議申し立てはなかったという事でこのまま結審してしまう事になる。

役所である裁判所の受付は午後五時までで、とっくの昔に窓口は閉まってしまっているが、夜間の専用窓口ならば日付が変わるその瞬間まで待ってくれる。

今から霞ヶ関の地裁まで電車で十五分ほど。それに徒歩を含めて三十分かかるか否か。日付が変わるぎりぎりに間に合うかどうか、瀬戸際といったところだ。

「どうしよう……もう間に合わないかも……」

書類を手に呆然としていると、駆け寄ってきた藤巻が横からそれを引ったくった。

「馬鹿野郎！　ぼうっとしてる場合か！」

「藤巻さん……」

「夜間受付は十二時までセーフだ！　タクシー飛ばして走れ！」

「は……はい！」


事務所を飛び出した白石は、新宿通りでタクシーを止めると、そのまま霞ヶ関前の東京地裁へと向かった。

夜間受付の窓口まで走り、書類が入った封筒を投函する。

封筒がことんと窓口に落ちた音を確認した白石は、崩れ落ちるようにその場にしゃがみ込んだ。

「何とか間に合った……」

腕時計の針は十一時五十八分。日付が変わる二分前だが、当日中に窓口への投函さえすませれば訴状は受理される。

のそのそと立ち上がった白石は、半ば呆然としながら桜田《さくらだ》通りへ出た。

一応期限内に訴状の提出を済ませたが、弁護士バッジを胸につけて以来、こんな危ない橋を渡ったのは初めてだった。もしもあのまま提出を忘れていたらと思うと、背筋がぞっと寒くなる。弁護士としての信用を失うことはもちろんだが、何より依頼人が被《こうむ》る不利益は余りに大きすぎる。

「馬鹿すぎるよ……」

悄然と肩を落としながら、白石はとぼとぼと人気のない通りを歩く。地下鉄の階段を降りようとすると、ふいに後ろからぽんと肩を叩かれた。

振り返った先にいたのは藤巻だった。

事務所にいるはずの藤巻がいつもと変わらぬ笑みを浮かべてそこに立っている。

「藤巻さん……」

「何とか間に合ったみたいだね」

腕時計を見ながらそう言った藤巻に、白石は小さく頷いた。

「んじゃ、帰ろうか」

「……はい」

それ以上何も言わず、藤巻は霞ヶ関駅の階段を降りていく。

藤巻が側にいる。ただそれだけなのに、なぜか涙が出てきそうだった。

事務所に戻ると、白石は疲れ果てたとばかりにソファに座り込んだ。

小さな冷蔵庫を漁っていた藤巻が、白石に向かって「お疲れさん」と缶ビールを差し出す。

それを受け取った白石は、目の前に立っている藤巻をぼんやりと見上げた。

いつもと変わらぬ風体、いつもと変わらぬ人を食ったような笑み。なのに、今日はその藤巻がとても大きく、そして頼もしく見える。

それに比べて何と自分の頼りないことか。藤巻のようないいかげんな弁護士にどうして依頼人たちは全幅の信頼を置くのか不思議で仕方なかったが、今ならば彼らの気持ちがわかる気がする。

恐らく、藤巻の一見だらしなくも見えるこの鷹揚さが、人に安心感を与えるのだろう。

「間に合ってよかったね」

そう言った藤巻は、缶ビールを片手に白石の隣に腰を下ろした。

「びっくりしたよ。白石君があんなミスするの、珍しいからさ」

「……すみません。何か朝からずっとばたばたしていて……それに――」

「それに？」

「いろいろと気になる事があって、それで……」

「気になる事？　野島かなえさんの事？」

「それもありますけど……」

「じゃあ、俺と一緒に寝た事？　あれだったら何もしてないって言ったじゃん」

「ええ……それはわかってます。そっちじゃなくて——」

「もしかして三上の事とか？」

言葉を濁そうとした白石に、藤巻があっさりと言った。それにこくっと頷くと、藤巻が大きくため息をつく。

「そんな事じゃないかなと思ってたんだ。この前地裁であいつに会ってからおかしいんだよね、白石君」

ビールをぐっと呷り、藤巻は煙草に火をつけた。

「もう清算したんじゃなかったっけ？」

「ええ……」

「まだ忘れられない？」

そう言った藤巻に一瞬戸惑い、だが、白石は小さく頷いた。

「忘れる事にしたんです。清算して、もうあの人とは二度と会わないって決めたんです」

「実際会ってないんだろ？」

「会っていません。でも、裁判所に行くといやでも顔を合わせてしまいますから……」

「そりゃまあ、お互い法曹人だしねぇ」

仕方ないかと呟き、藤巻はふうっと煙を吐き出す。

「まだ未練があるとか？」

「……わかりません」

受け取ったビールを開けようともせず、白石はため息をついた。

「でも……気がついたら三上先生の事を考えている自分がいます……」

関係を清算したはずなのに、いざ再会してみれば、三上への思いを全く断ち切れていなかった自分がいた。

「道徳的に見ても法的に見ても最悪の関係なのに……馬鹿みたいですね、俺」

藤巻に向かって笑ったつもりだった。だがそれはちっとも笑顔になっていなかった。

白石が黙り込むと、重い沈黙が横たわる。壁にかけられた古い時計の針の音だけが聞こえる中、その沈黙を破るように、藤巻が口を開いた。

「あのさ、これって前から聞こうと思ってたんだけど、白石君はどうして三上と付き合うようになったわけ？」

煙草の灰を落としながら、藤巻が尋ねる。しばらく無言で床を見詰めていた白石は、視線を上げないまま、ぽつりぽつりと話し始めた。

「……弁護修習が三上先生のところだったんです」

司法修習生は、修習期間に民事裁判、刑事裁判、検察、弁護の全ての分野についての実務修習がある。弁護修習は、約二ヶ月間、実際に弁護士事務所に行き、指導担当弁護士の下で法廷に立ち会ったり、文書の作成を行ったりするのだが、修習期間とはいえ、することは弁護士の仕事そのものだ。修習生はそこで、弁護士としてのノウハウを学び、そして体験する。

白石の場合、最初に訪れ、最初に出会った弁護士が三上だったと言う。

「六本木にある三上先生の事務所に初めて行って、俺、圧倒されたんです。弁護士ってすごいって……」

見晴らしのいい最新のビルにある事務所。忙しく働くたくさんの弁護士や事務員たち。そして、その中心にいたのがそれらを統《す》べる三上だった。三上の中に自分の理想の弁護士像を見たと白石は言った。

「三上先生は何もわからない俺に、弁護のいろはを教えてくれました。すごく丁寧に指導してもらって、修習が終わったらうちで働かないかって言ってくれて。俺、嬉しくて舞い上がったんです。修習が終わって、弁護士会に登録をして、すぐに三上先生に連絡をしたんです。そうしたら、その場で誘われて、それで……」

「つい寝ちゃった、と——」

呆れ気味に言った藤巻に、白石はこくっと頷いた。

「三上が結婚してたの知ってて寝たの？」

「最初は知りませんでした。後で聞かされて、びっくりしたんですけど、それでもまあいいかって……」

「で、不倫とわかってて二年半ずるずると？」

「何度ももうやめようって思ったんです。でも、どうしても別れられなかった……」

「三上は遊びだったけど、白石君は違ってたって事？」

「わかりません。俺も割りきってたつもりでした。でも気がついたら、自分だけを見て欲しいと思うようになってました」

「三上は白石君の気持ちに気付いてたのかな？」

「たぶん……でも三上先生にとってはただの遊びだったんだと思います」

「ただの遊びで二年半か——ずるい男だね、三上も」

苦いものでも吐き出すように言い、藤巻は煙草を灰皿にねじ込む。

「とっとと忘れちゃえよ、そんな男の事」

「それができたらこんなに悩んでませんよ」

藤巻の言葉にふうっとため息をつき、白石はソファに背をもたれさせた。

「……この前、当番弁護で俺が初台署に接見に行ったの、覚えてますか？」

「ああ、一緒に寝た翌朝の——」

言いかけた藤巻をじろりと睨み、白石は言葉を続けた。

「犯罪事実は殺人未遂と公務執行妨害でした」

「公妨はともかく、殺人未遂とは穏やかじゃないねぇ」

「被疑者の女性は不倫相手を刺した罪で留置されていたんです」

「不倫の末の刃傷沙汰……か。まあ、ありがちと言えばありがちな事件かな」

「はい。刺された男性は大した怪我ではないそうですが、その男性の奥さんがどうしても被害届けを出すと聞かなくて」

「なるほどね……」

肩をすくめた藤巻からつと視線を逸らし、白石は言った。

「被疑者の接見をして思ったんです。俺ももしかするとあの被疑者と同じ事をしてしまうかもしれないなって」

「……同じ事って、三上をどうこうしちゃうって事?」

藤巻の言葉に小さく頷き、白石は言った。

「三上先生の家庭のことなんて気にしないようにしてたんです。三上先生にとって俺の事なんて所詮遊びだし。そもそも男同士で結婚できるわけでもない。そんなのわかってるんです。でも、三上先生を自分だけのものにしたい独占欲みたいなのがあって……そうしたら先生の家族の事が妬《ねた》ましくなって……」

「妬ましい——か」

「会うとどうしても思ってしまうんです。この人は俺だけのものだって。家族のところになんか帰って欲しくないって。自分でも女々《めめ》しすぎるのは嫌っていうくらいわかってるんですけどね……」

ふっと息を吐き、白石はビールをテーブルに置いた。

「あの被疑者と話をしていて思ったんです。あの人と俺とは紙一重なんじゃないかって……割りきったつもりでも、そのうち感情を理性で抑えきれなくなってしまうんじゃないかって思って……」

「白石君……」

「男同士で不倫なんかしておいて、何を馬鹿みたいな事を言ってるんだって思うでしょう」

笑みになりきらない笑みを唇に浮かべ、白石は視線を床に落とす。ほんのわずかな間沈黙が流れ、それを破るかのように、藤巻が飲み干したビールの缶を握り潰した。

「そうかなぁ。まあ、不倫どうこうはともかく、俺は馬鹿みたいだとか思わないよ」

「藤巻さん……」

「そういうの、男同士とか女だからとか、あんまり関係ないんじゃない？」

空き缶をゴミ箱に放り投げ、藤巻は白石に向き直った。

「本能っていうかさ、好きになっちゃう気持ちとかって時々理性で抑えきれなくなる事だってあるじゃない？　まあ、理性とか倫理観とかがあるから人間で、それがなくなっちゃったら獣と同じなんだけどさ」

「じゃあ不倫していた俺は倫理観ゼロの獣と同じって事ですね」

「いや、そういう意味じゃなくて、何て言うか……真面目だなぁと思ってさ」

「真面目？」

「うん。白石君はいろんな事を真面目に考えすぎるんだろうなってね」

苦笑気味に言い、藤巻は煙草を一本はじき出す。

「ま、俺にもそういう真面目な頃があったんだけどね」

そう前置きをし、藤巻は言った。

「俺がどうして独立したかって話した事あったっけ？」

「いえ……」

「三上と俺の元ボス弁が桃井正一だっつーのは知ってるよな？」

それに白石はこくっと頷く。

「桃井のところが、大手企業顧問とか大病院の顧問を専門にやってたのは？」

「それも知っています。桃井先生が引退をして、そのほとんどを三上先生が受け継いでますから」

「じゃあ、桃井がかなり汚い手を使ってたって事は？」

「……噂には聞いたことがあります」

「噂、か――」

皮肉っぽく笑みを浮かべた藤巻は、ぷかりと煙を吐き出した。

煙がふわふわと天井に向かって揺れ、霧散《むさん》していく。それをしばらく眺めていた藤巻は、ぽつりぽつりと話を始めた。

「もう十年近く前なんだけどね――」

司法修習を終え、晴れて弁護士となった藤巻は、やり手で有名だった桃井正一弁護士のイソ弁となった。

桃井が有名な弁護士である事、大手企業を多く顧問に持っている事、何より、イソ弁としての給料がずば抜けてよかった事が就職の理由だった。

「俺もさぁ、ちょっとワケアリで会社辞めちゃって、弁護士になろうと思ったもんだから、貯金も司法試験勉強の一年でほとんど使い果たしたんだよ。今みたいに修習時代の給費制度が無くなってたら、俺、確実に破産してたよ」

自虐的に笑い、藤巻は続けた。

「そんなわけで、弁護士になった当初は笑うくらい貧乏だったんだ。とにかく金が欲しかったんだよね。だから桃井んところの給料に目が眩《くら》んだって言うかさ。桃井がどういう人間なのかよく調べもせずに給料だけ見て飛び込んじゃったんだよね」

嫌なものをついでに吐き出すように、藤巻はふうっと煙草の煙を吐く。

「守秘義務があるから名前は出さないけどさ、俺がイソ弁やってた頃、桃井が顧問をしている総合病院で医療過誤があったんだよ」

「医療過誤？」

繰り返した白石に、藤巻は無言で頷いた。

「心臓の手術の際に大出血起こして、患者が死んだんだよ。それが医療ミスだって患者側の家族に訴えられちゃったわけ」

「それって本当に医療過誤だったんですか？　手の施しようがない状態だったとか、そういうのじゃ――」

「そうだったらよかったんだけどねぇ」

めったに見せない苦い表情を浮かべ、藤巻は続けた。

「その時、俺と三上は二年目の新米でさ。桃井の指示で、ありとあらゆる手を使って原告の訴えが退けられるよう裏から手を回したんだよ」

「裏からって――」

「そ。文字どおり『裏』から、だよ」

具体的に何をしたか藤巻は言わなかったが、オペに関わった医師や看護師たちが、相当額の金を掴まされた事は想像がついた。

病院の権威と名誉を守るために、医療過誤の証拠や証言の全てが闇へと葬られたのだろう。

それを指示したのは桃井正一。そして、その命令を忠実に実行したのが、三上、そして藤巻だという。

「でも、医療過誤でしょう？　人の命に関わる事なのに、どうして――」

「どうして？　だって依頼人の利益を優先するのが弁護士だよ？」

自虐ともいえる台詞を吐き、藤巻は短くなった煙草を灰皿にねじ込んだ。

「とはいえ、俺も青かったっていうかさ、医者と看護師をこっち側に抱き込むことに反対したんだ。人道に悖《もと》るってな。でもそん時に桃井に言われたよ。弁護士は正義の味方じゃない。依頼人の味方だってな」

「依頼人の味方――」

確かに弁護士は依頼人の益になるよう動く。だが――。

「……その裁判、どうなったんですか」

「原告側の訴えは証拠不十分で棄却されたよ。桃井の勝ちだ」

後悔したと藤巻は呟いた。

「その遺族に申し訳なくてね。でも利益相反になるから俺から遺族には何も言えない。結局俺は桃井のやり方についていけなくて、事務所を飛び出したんだよ」

「それで独立を？」

「いや。しばらく何もせずに新宿で飲んだくれてた」

苦笑しつつそう言った藤巻は、また一本煙草をはじき出す。それを口に咥えると、どっかりとソファに背をもたれさせた。

「理性ではわかってるんだよ。俺たち弁護士は依頼人の味方だ。依頼人の利益のために動く。そんなことはわかってるんだけどね——」

「割りきれなかった」と言い、藤巻は少し悲しそうに笑った。

「感情ってさ、そう簡単に割りきれるもんじゃないだろ。んで、俺は弁護士って何だろうとか考え始めてさ。まあ、ぐだぐだ飲んだくれてクダ巻いてただけなんだけど、その時に会ったのが『新宿の赤ひげ弁護士』だったんだ」

「南雲先生——」

「そう。ミツルさんが新宿の飲み屋で酒飲みながら無料で法律相談やってるの見てさ、ああ、これが俺が目指してる弁護士像だって思っちゃったわけ」

しばらく南雲の世話になった後、独立しこの事務所を設立したのだと藤巻は言った。

「何ていうかさ、白石君がぐるぐると悩んでるのも、こういうのと一緒なんじゃないかな。理性ではわかっているけど、感情がそれについていかない。でもそのうち答えがぽんと見つかる事もあるんじゃないかなって俺は思うよ」

「……それって慰めてくれてるんですか」

「うん、まあそのつもり」

「慰めてくれてるのはわかるんですけど、ちょっと強引なこじつけですよね」

「あ、やっぱり強引だった？」

冗談めかせて笑った藤巻に釣られるように、白石もまた笑みをこぼす。

「ありがとうございます。たかが不倫の悩みと医療過誤裁判の苦しみを同列に語るのはどうかと思いますけど、少しだけ救われた気がしました」

「少しだけ……か」

そう言った藤巻は、煙草の火を消すと、ふいに白石の肩に腕を回した。

「白石君は本当に真面目だなぁ」

「藤巻さん？」

「真面目な上に鈍感だ」

「鈍感ってどういう意味ですか？」

「こういう意味」

肩に触れた手が、ぐっと白石を抱き寄せる。驚いた白石に、藤巻は笑みを浮かべながら唇を寄せた。

弾力のある唇が白石の唇に軽く触れ、そして去っていく。

「意味、わかった？」

意味深に微笑んだ藤巻に、だが白石は眉間に皺を寄せた。

「ますます意味がわからないんですけど」

「わかんないって……おいおい、目の前にこんなイイ男がいるのに見えてないって、その目は節穴か？」

「どこにイイ男がいるんです？　藤巻さんがイイ男に見えるなら、俺の目は節穴だと思いますけど」

「……こういう場面で憎まれ口叩く？　普通？」

言いざま、藤巻が白石をソファに押し倒した。体で体を押さえ込まれ、白石は眉間の皺をより深く刻ませる。

「何のつもりですか」

「こういうつもり」

言いながら、白石のネクタイに手を伸ばす。するりと抜き取ったそれをテーブルに放り投げた藤巻は、白石の手首を押さえながら言った。

「そうやっていつまでも後ろばっかり向いてないでさ、もう少し前を見ようとか思わない？」

「前を見るっていうのが藤巻さんと寝る事なんですか」

「あからさまだなぁ。俺じゃ三上の代わりにはならないかなって聞いてるんだけど」

「なりません。なるわけ無いでしょう」

「そんなにドきっぱり言う？　もうちょっとこう、検討してみるとか——」

「検討してもならないものはなりません。つまらない冗談なんか言ってないで、そこ、どいてください」

どっかりと乗り上がっている体を肘で押しつつ起き上がろうとする。だが、藤巻は手首を掴んでいる手にぐっと力をこめた。

「藤巻さん」

「恋愛相談してて相談に乗ってくれた相手に惚れるのって、普通有りでしょ」

「俺的には無しです」

「俺は有りなんだけどなぁ」

笑い混じりに言いながら、藤巻の手がシャツのボタンを器用に外していく。そのまま肌を探ろうとした手を押しとどめ、白石はうんざりした面持ちで藤巻を見上げた。

「一応聞きますけど、藤巻さん、男を抱いた事がありますか？」

「無いけど、それがどうかした？」

「じゃあお断りです」

「じゃあって何でよ？」

「経験の無い男は無茶をするから嫌なんです」

「経験って言っても、こんなの男も女も一緒だろ？」

「なら、女性とアナルセックスした事がありますか？」

あからさますぎる白石の言葉に、一瞬藤巻が黙り込む。

「……いや、無い」

「話になりませんね」

鼻で笑った白石は、藤巻を無理矢理押し退けるとソファから立ち上がった。テーブルの上のネクタイを手に取り、藤巻をじろりと見下ろす。

「俺、こういうたちの悪い冗談って嫌いなんです」

「たちが悪いって……俺、白石君の事が好きだって言ってるつもりなんだけど、それは無視？」

「は？　好き？　藤巻さん、何言ってるんですか？」

「だからさぁ……君の事が好きだから抱きたいって言ってるんだけど……」

藤巻のそんな言葉に白石は思わず口を閉ざす。

「それ、本気で言ってるんですか？」

「うん。本気」

頬杖をつきながら言った藤巻をまじまじと見下ろし、白石は大きなため息をついた。

「……今のは無かった事にしておきます」

「俺はあった事にしてくれてもかまわないんだけど――」

「セクハラとパワハラで提訴されたいですか？」

首をすくめる藤巻を睨みつけ、白石は乱暴にネクタイを結び直した。

「今日はもう帰ります。いろいろと迷惑をかけてすみませんでした」

そう言って藤巻に背を向け、扉を開く。

「俺はぜんぜん冗談じゃなかったんだけどなぁ……」

扉が閉まる音に、藤巻の不満げな呟きが被る。だが、白石はそれを無視して階段を降りていった。


そろそろ終電も近いというのに、新宿三丁目付近の飲み屋街には人が溢れていた。

まだまだ遊ぶつもりだろう若い連中、これからもう一軒はしごをするつもりだろう会社員たち。それらを見るともなしに見ながら、白石は駅へと向かった。

(俺じゃ三上の代わりにはならないかなって聞いてるんだけど)

先ほどの藤巻の言葉が耳について離れない。

代わりになどならないと藤巻には言った。

そんなもの、なるはずが無い。しょっちゅうつまらない冗談を言う藤巻だが、言っていい冗談と悪い冗談がある。

「どうせ男なんか抱けないくせに……」

ぽつりとそう呟き、白石はふとその場に立ち止まった。

『代わりなど望んでいない』ではなく、『男を抱けるわけがない』と思ってしまった自分に、白石は驚いた。

もしも藤巻に男を抱く事ができたならば、自分は三上の代わりを藤巻に求めただろうか。

いや、そんなはずはない。確かに先日は藤巻をネタに抜いてしまったが、それは藤巻に対する恋愛感情などではなかった。言うなれば、AVをネタに抜くようなものだ。本気で藤巻に抱かれたいなどと思っていない。

ふいに先ほどの口づけを思い出し、白石はつと唇に指を這わせた。

藤巻の唇は、思いの外柔らかかった。そして、先日見た夢と同じ感触をしていた。

「あの夢はやっぱり――」

やはり、あれは夢ではなく現実だったのではないだろうか。体の芯が震えるようなあの口づけは、夢などではなく本当に藤巻のものだったのではないだろうか。

そう考え、白石は唇を歪めた。

「そんなわけないじゃないか……」

藤巻は自他共に認める女好きだ。南雲などは、藤巻の女遊びは病気だと言っていた。そんな藤巻が、同性である白石を本気で抱きたいなどと言うはずがないではないか。

自嘲するように笑った白石は、駅へと足を急がせる。

居酒屋の角を曲がり、明治通りに出ようとしたところで、白石は思わず歩みを止めた。古いビルの前にある自動販売機の横に、見知った姿を見つけ、目を見開く。

「野島さん……？」

以前事務所にやってきた時と変わらず、地味なワンピース姿の野島かなえは、白石に目を向けると、ぺこりと頭を下げた。

「野島さん、どうしたんですか、こんな時間に」

時刻は午前零時をとっくに過ぎている。飲み屋街であるこのあたりにはまだまだ人がたくさん溢れているが、だからと言って女性が一人で立っているような場所でもない。

駆け寄っていった白石に、かなえはおどおどと目を泳がせた。

「……あの……さっき事務所に行ったんですけど、鍵がかかっていて、それで……」

「ああ、すみません。ちょっと裁判所に行ってたものですから。それよりこんな時間にどうしたんですか？　何かあったんですか？」

「あの……この前お話しした件なんですけど……」

「ええ、会社を訴えるという件ですね」

「……はい……あの、私……」

白石を見上げたかなえは、持っていたバッグをきつく抱き締めると、今にも消え入りそうな声で言った。

「……やっぱり戦おうと思います」

そのまま事務所へかなえを連れて行こうと思ったが、先ほど藤巻とあんなことがあったところへ戻る気がせず、白石は歌舞伎町方面へと向かった。

靖国《やすくに》通りに面した喫茶店に入り、壁に面したテーブルにかなえを案内する。この古い昔ながらの喫茶店は、二十四時間営業という事もあり、依頼人の相談を受ける際によく利用していた。

コーヒーがテーブルに置かれ、ウエイターが立ち去ると、白石はさっそく話を切り出した。

「それでさっきの話なんですが、戦う気になったというのは？」

「あの……私、あれからずっと考えたんです……このまま黙って泣き寝入りをする方がいいのか、それとも戦った方がいいのか……親もやめておけって言うし、藤巻先生が言ったとおり、私も最後まで戦えないような気がして、だったらお金も時間も無駄になるだけだって思って……でも……」

「でも？」

言葉を区切ったかなえは、白石をじっと見詰めると、ことりとカップをソーサーに戻した。

「でも、白石先生が言ってくれたから……」

「俺が？」

小さく頷き、かなえは言った。

「白石先生が一緒に戦うって言ってくれたから……白石先生も藤巻先生も私の味方だって

言ってくれたから」

「野島さん……」

「裁判にお金がかかる事も、時間がかかる事も勉強しました。訴えるっていう事がそんな簡単な事じゃないっていうのもわかりました。でも、私、このまま泣き寝入りなんかしたくないんです。このままで終わらせたくない。終わらせちゃダメだと思うんです」

テーブルから身を乗り出して言い、かなえは白石を見詰める。

「白石先生、私と一緒に戦ってくれますか？　最後まで、戦ってくれますか？」

「もちろんです。依頼人と一緒に戦うのが弁護士ですから」

大きく頷いた白石に、かなえは安堵と共に笑みを浮かべた。

10

野島かなえが再度事務所を訪れたのは、それから二日後だった。

「私、覚悟を決めました。鶴馬商事と角谷《かくたに》課長を訴えます」

そう言ったかなえに、藤巻は「わかりました」と頷いた。

「で、野島さんの要求は？」

「角谷課長には謝って欲しいです。会社へは解雇の取り消しを……って言いたいですけど、もう戻る気はありません」

「なるほど。まあ、確かにそんな会社、もう戻りたくないでしょうしねぇ。んじゃ、謝罪と慰謝料請求ってことにしますか」

「はい。それで、私は何をすればいいんですか」

意気込んで言ったかなえに、だが、藤巻はいつもの調子でへらりと笑って肩をすくめた。

「別に何もしなくていいですよ」

「え……？　でも私も戦わないといけないって……」

「もちろん戦ってもらいますよ。これから書類に何枚も判子を押さないといけない。これが結構面倒臭いんですよ。野島さんには書類の山と戦ってもらいます」

面食らった様子のかなえに笑いかけ、藤巻はだるま型の湯飲みを手に取った。

「受任したからにはその面倒臭い書類を作ったり、人と会って話をしたりするのは俺たち弁護士のオシゴト。そうだよね、白石君」

「はい。今から俺たちは野島さんの代理人として全ての窓口になります」

「じゃあ私は……」

「判子と朱肉持ってお茶でも飲んでてください」

のほほんと言った藤巻は、湯飲みをテーブルに置くとさっそくノートパソコンを開いた。

「んじゃ、訴状の作成と参りますか」

「訴状？」

藤巻の言葉に、かなえではなく白石が反応する。

「訴状って、藤巻さん、まずは内容証明郵便を送るのが――」

「んな面倒臭い事してどうすんの。攻める時は一気に攻めなきゃ」

時折かなえに質問をしながら、藤巻はキーを叩く。それを見ていた白石は、ますます藤巻という男がわからなくなっていた。

一昨日の夜、いきなり白石に迫ってきた藤巻と、野島かなえのために真剣な眼差しで訴状を作っている藤巻。事務所でだらしなく昼寝をしている藤巻と、夜の街で法律相談を受けている藤巻。どれもこれも同じ藤巻なのに、全てが別人にさえ見える。いったい藤巻の中には何人の藤巻がいるのだろうか。

『天秤』のマスターである南雲は、藤巻のだらしない格好や行動は擬態だと言っていた。ならば、本当の藤巻はいったいどういう男なのだろうか――。

「ねえ、白石君。悪いけど、お茶、おかわりくれるかな？」

「え？　あ、はい」

ふいにそう言われ、白石は慌てて椅子から立ち上がった。

仕事の最中だというのに、藤巻の事ばかり考えている自分が嫌になってくる。自分自身でもなぜだかわからないくらい、頭の中が藤巻の事で一杯だった。

ソファに目を向けると、藤巻がかなえと雑談をしつつキーを叩いている。

簡易キッチンで茶を淹れる白石は、それを横見に見ながらひっそりとため息をついた。

11

野島かなえの訴状を裁判所に提出してからちょうど一週間後、藤巻法律事務所に朝一番で珍しい来客があった。

いつもどおり白石が朝のコーヒーを入れていると、誰かが階段を騒々しく上がってくる音が聞こえた。

こんな朝早くからアポイントでもあっただろうか。首を傾げていると、突然扉が大きな音を立てて開いた。

「公平、あの馬鹿はどこへ行った！」

事務所に入るなりそう叫んだ三上は、簡易キッチンの前に立っていた白石を睨みつけた。

「朝からコーヒーとは優雅な事だな」

「……三上先生？　今日は何か約束でも――」

「約束もクソもない。あの馬鹿はどこへ行ったんだ！」

三上らしくもなく取り乱した様子で白石を怒鳴りつけ、奥にある藤巻の机に目を向ける。

むろんそこに藤巻の姿は無く、三上は再び白石に向き直った。

「野島かなえという女性からの訴状が鶴馬商事に届いた。代理人は藤巻とおまえになっていたが間違いないか」

「ええ。間違いありません。それが何か？」

「何かじゃない！　いったいどういうつもりだ！」

「どういうつもりとは？」

「示談交渉も無く、いきなり提訴するとはどういう事だと聞いているんだ！」

「あー、もう……ぎゃあぎゃあとうるさいなぁ。寝られないじゃない」

大きなあくびと共に、『応接室』とプレートが張られたパーテーションの向こうから、鬱陶しげな声が聞こえてくる。いつものごとくソファに寝転がっていた藤巻は、うんと伸びをしながらのっそりと姿を見せた。

「朝っぱらからヒトんちの事務所で怒鳴らないでくれるかなぁ。近所迷惑なんだよ」

「黙れ、ぐうたら男！　おまえの戯言に付き合ってる暇はない！　これがどういう事か説明しろ！」

「黙れとか説明しろとか、言ってる事が矛盾してるっつーの……」

「戯言はもういい！　これについて説明しろ！」

裁判所から届いたらしい訴状を机に叩きつけ、三上は藤巻を睨みつけた。

「ん？　ああ、それ、届いたんだ」

「いきなり提訴してくるとはどういう了見だ！　ものには順序というものがあるだろうが！」

「順序？」

面倒臭げにそう言い、藤巻は手近な椅子を引き寄せる。それに跨《また》がるように座った藤巻は、背もたれに両腕を乗せると、仁王立ちをしている三上を見上げた。

「内容証明郵便送って示談交渉して、調停して、それから訴訟しろって事？　どうせ示談交渉なんて最初っからまともに受ける気ないでしょ、おたくら」

「何だと……」

「交渉長引かせて原告を疲弊《ひへい》させるっての、俺たちには通用しないよ、三上センセ」

白石から湯飲みに入ったコーヒーを受け取った藤巻は、それを一口すると、ちらりと三上を見やった。

「若い女の子がさぁ、上司にねちねちとセクハラされてそれを会社の相談窓口に訴えたら、いきなり解雇されちゃったわけよ。相手は大企業。まあ、普通なら泣き寝入りするよね。でも彼女はそうしなかった。戦うって言ったんだよ」

「ふざけるな！　野島かなえは契約満了で円満退職したんだ。セクハラの事実もない！」

「えっと、それじゃ事実否認て事かな？」

「当たり前だ」

「結構証拠も揃ってるんだけどね。おたくの課長さんが送りつけてきたメールとか、彼女の自宅マンションについてた防犯カメラの映像とか」

「何だと……」

「彼女、結構マメな性格で、いろいろと証拠を残してたんだよねぇ。彼女と会社の相談室との電話のやり取りも残ってるんだけど、何なら聞いてみる？」

携帯電話ほどのボイスレコーダーを取り出し、藤巻はにんまりと笑った。

「否認て事なら、法廷で争うしかないよね。いっちょマスコミさんも呼びますか」

藤巻が言ったマスコミの一言に、三上が顔色を変える。

「マスコミだと？　こんなくだらない民事事件にどこのマスコミが——」

「『女性に優しい職場を』をスローガンにしている鶴馬商事さんのセクハラ事件だよ？　情報を流せば一社くらい食いついてくると思うんだけどなぁ」

「藤巻……貴様……私を脅すつもりか」

「脅すなんてとんでもない。自分がどういうお客さんを背負ってるか、時々考えてみるのもいいかもよ、三上センセ」

どっこいしょと立ち上がり、藤巻は机に置かれた訴状を三上に差し出した。

「一応、こっちは和解の意思がある事は示してあるけど、争うって言うならとことん争わせてもらうんで」

「こんなくだらない事を裁判に持ち込んで何の得がある？　金と時間の無駄だろうが」

「くだらない事？　おたくら企業にとっちゃそうかもしれないが、野島かなえさんにとっちゃ、ぜんぜんくだらない事じゃないんだよ。それにね、さっきも言ったけど、お金の無駄とか時間の無駄とか、そういうのは通用しない。金も時間も無駄にさせたりしないための提訴だ」

「勝ったところで所詮百万そこそこの慰謝料だろうが。おまえの手元に入ってくる金がどれくらいあると言うんだ」

「何度も言わせるなよ、三上」

ふいに藤巻の声音が変わり、白石ははっと顔を上げた。

そこにいるのは、いつものへらへらとした藤巻ではなかった。三上を睨み上げるその目は、かつて白石が法廷で見たあの時の目と同じ目だった。

「金の問題じゃないんだ。この訴訟には野島かなえという一人の女性の人生がかかってる」

「人生……だと？」

「一人の女性が人生かけて戦ってるんだ。それに無駄な事なんて何も無い」

「くだらない。正義の味方でも気取ってるつもりか？」

「正義の味方ね――」

そう言った藤巻はわずかに唇を上げた。

「確かに俺のところに相談に来る人たちは弱い。法の知識も何も無い。おまえからすれば、勝手に騙《だま》されて、ぶちのめされている馬鹿な人間に見えるかもしれない。けどな――」

「これだけは覚えておけ」と言葉を区切り、藤巻はずいと三上に近寄る。

「俺はどんなことがあったって、そんな弱い立場の依頼人の味方をするって決めたんだよ。最後の最後まで、な――」

三上の鼻面に訴状を突き付け、藤巻は笑う。

「帰っておまえの得意先とじっくり相談するといい。無様《ぶざま》に戦うか、さっさと非を認めて謝るか、秤にかけてな」

藤巻に何かを言いかけ、三上が口を開く。だが、結局何も言わず三上は訴状をひったくるようにして踵《きびす》を返した。

怒りの度合いを示すかのごとく、階段を降りていく靴音が部屋に響く。

それに軽く肩をすくめ、藤巻は白石を振り返った。さっきまでの緊迫した雰囲気はどこへやら、藤巻はいつものへらりとした藤巻に戻っていた。

「怒らせちゃったかな」

少し困ったように頭をかき、藤巻は白石を上目遣いで見やる。

「たぶん――」

「やっぱり？　やばかったかなぁ。あいつ、怒ると怖いんだよねぇ」

そう言う藤巻も怒らせると充分怖いだろうという言葉を飲み込み、白石は机の角に腰を下

ろした。

「三上先生は怒りに任せた仕事をする人じゃないと思いますけど——」

「ま、あいつも馬鹿じゃなけりゃ自分がするべき事はわかってるだろうさ」

「鶴馬商事は和解を申し入れてくると思いますか？」

「十中八九、ね」

「一割か二割は裁判に持ち込まれる、と？」

「そうだねぇ」と呟き、藤巻はごろりとソファに横になる。

「まあ、最悪裁判になったらその時はその時で考えるさ」

「その時で考えるって……そんないいかげんな……」

「大丈夫大丈夫。ちゃんと手は打ってあるから」

たぶん何の手も打っていないだろうと呆れつつ、白石はソファに寝転がる藤巻を見下ろす。

だが、何となくではあるが、心の中で藤巻の勝利を確信している自分がいた。

12

鶴馬商事からの和解の申し入れがあったのは、それから十日ほどたった日だった。

野島かなえが提示した慰謝料の三百万円の約八割にあたる二百五十万円と、弁護費用五十万円を鶴馬商事が支払う事で合意。訴訟は取り下げとなった。

「もっと長引くかと思ってました」

事務所にやってきたかなえは、困惑した表情でそう言った。

「裁判って、こんなに早く終わっちゃうんですね」

「いや、ちゃんと裁判になる前に終わっちゃったんですけどね」

いつもの調子でのほほんと言った藤巻は、白石から湯飲みを受け取るとそれを一口すすった。

「あなたが和解を受け入れなかったら、もう少し時間がかかってたんじゃないかなぁ。ねぇ、白石君」

「そうですね。裁判は一ヶ月に一回開かれればいいところですから、判決までたぶん半年くらいはかかったと思います」

「半年……」

反芻するように呟き、かなえは白石に目を向ける。

「でも、私……三百万も貰っていいんでしょうか。何だか悪い事したみたいで……」

「あなたが受けた肉体的苦痛と精神的苦痛、それに生活への不安、それらの対価として安いくらいですよ」

「そうそう。示談から始めてもたもた裁判をやってたら、弁護費用ももっとかかったし、慰謝料の額もたぶん百五十万がいいところだったんじゃないかな」

白石の言葉を引き継ぐように言い、藤巻はテーブルにことんと湯飲みを置いた。

「じゃあ、どうして鶴馬商事は和解しようなんて言ってきたんですか？　裁判をやった方が安くつくならその方が——」

「そりゃあ、企業イメージでしょ。セクハラ裁判なんて起こされたら、女性をターゲットにした商品を出している鶴馬商事のイメージはがた落ちだからねぇ。企業イメージを三百万で買い戻せるなら、そっちを選ぶでしょ」

裁判になれば必ずマスコミは食いついてくる。むろん野島かなえに対するバッシングもあるだろうが、セクハラの事実がある以上、鶴馬商事が被るイメージダウンはより大きいものになる。

三上は鶴馬商事の顧問弁護士として、企業イメージと慰謝料を天秤にかけ、後者を選択した。示談も調停も一切すっ飛ばして訴訟に持ち込んだ藤巻の作戦勝ちのようなものだ。

「まあ、毎回これが上手くいくとは限らないんだけどね」

肩をすくめて苦笑した藤巻に、かなえが小さく笑みをこぼす。

「ああ、野島さん、初めて笑ったね」

「え……」

「笑った顔の方が絶対いいよ、うん」

そう言った藤巻に、かなえは照れたように微笑み、ぺこりと頭を下げた。

「今回は本当にありがとうございました。私、ここに相談に来て良かったと思ってます。最初に、藤巻先生にお会いした時はどうなるかと思いましたけど……」

「ええー。俺、そんなに怖かった？」

「怖いって言うか……その……大丈夫かなって……」

「酷いなぁ。俺、そんなに胡散臭い？　これでも一応女の子にはもてるんだけどなぁ」

「キャバ嬢限定ですけどね」と白石が付け足すと、かなえがぷっと噴き出した。

「あ、でも、藤巻先生がもてるっていうの、ちょっとわかる気がします。お話ししてみたら結構楽しいですし」

「でしょ？　ほら、白石君。俺がもてるのはキャバ嬢限定じゃないって証明されたよ」

呆れ顔で肩をすくめた白石に、かなえがくすくすと笑い声をあげる。

「何ていうか……ここの事務所ってすごくいいですね。藤巻先生も、白石先生もぜんぜん威張ってなくて、気さくで話しやすくて。弁護士さんてもっと気難しいのかなって思ってました」

「まあ、中には気難しくて話し辛い弁護士もいるんだけどね。どこの誰とは言わないけど」

あえて名前を出さずに言った藤巻に、白石がひっそり苦笑した。今頃三上は事務所で盛大にくしゃみをしている事だろう。

最後にもう一度ありがとうございましたと礼を述べ、かなえは事務所を後にした。

かなえを外まで送った白石は、事務所の階段を上りながらぼんやりと事件の事、そして藤巻の事を考えていた。

普段はやる気があるのか無いのかさっぱりわからない藤巻だが、事件を受任したとたん内に隠していた爪と牙をむき出しにする。のんべんだらりとした藤巻ばかりを毎日見ているとわからなくなってくるが、これが本当の藤巻なのだ。

白石が法廷で見た藤巻は、まさに爪と牙を出した藤巻だった。依頼人のために全力で戦っている藤巻。恐らく自分はそんな藤巻に惹かれたのだ。

惹かれた――。

心の中でそう呟き、白石はふっとため息をついた。

そうだ。自分は藤巻に惹かれている。惹かれつつある。

藤巻との関係は、何の変化も進展も無い。あの夜、いきなり白石に迫ってきたのはいったい何だったのだと思うほどに、藤巻はいつもと変わりなく接してくる。どちらかと言えば、落ち着かないのは白石の方だった。

平然としたふりをしているが、あの夜以来、藤巻の存在がずっと心に引っかかっている。軽くとはいえ口づけをされたからなのか、それとも体を求められたからなのか――。

いや、違う。もっと別のところで藤巻正義という人間を知りたいと思っている自分がいる。三上の事を引きずりつつ、藤巻の方へふらふらと引き寄せられつつある自分。そんな自分が嫌になってくる。

事務所に戻ると、藤巻はテレビをつけっぱなしのままソファで雑誌をめくっていた。

「彼女、帰った？」

「ええ。報酬金の振込みは週明けになるとの事です」

「あ、そう」

あまり金に頓着していないのか、あっさりとそう言った藤巻はまた雑誌に目を落とす。自分の机に戻ろうとした白石は、はたと思い返して藤巻がいる応接室に足を向けた。

「あの……藤巻さん」

「ん？　何？」

「野島さんの件、ありがとうございました」

いきなりそう言った白石に、藤巻が面食らったような顔をする。

「え？　ありがとうって……何が？」

「彼女、笑って帰って行きました」

「うん、そうだね」

「藤巻さんのおかげだと思います」

「別にそんなの……俺は自分の仕事をしただけだよ。それ以上の事は何もしてない」

「ええ。それでも野島さんは、少しは救われたんだと思います。ありがとうございました」

それに少し照れ臭そうな笑みを浮かべ、藤巻はぱたんと雑誌を閉じた。

「あー、ここんところ真面目に仕事したから疲れちゃったよ。白石君、二時間たったら起こしてくれる？」

とってつけたようにそう言い、藤巻はソファにごろりと横になる。雑誌を顔に乗せ、肘掛に足を乗せたいつものスタイルで寝転がる藤巻を見下ろしながら、なぜか白石はこの上も無い幸福を感じていた。

三上法律事務所のように最新のビルに入っているわけでもなければ、有名企業の顧問をしているわけでもない。なのに、飲み屋街の古いビルにある藤巻と二人だけのちっぽけなこの法律事務所が、自分の城のように思えてくる。

賑やかなバラエティ番組の声が流れるテレビのスイッチを消した白石は、自分の机に戻ると、日課になっているメールのチェックを始めた。

13

野島かなえの事件の処理も終わり、藤巻法律事務所はいつもの状態に戻っていた。

藤巻は相変わらず事務所で昼寝をし、白石は当番弁護や国選弁護であちこち飛び回っている。沼田麻里絵の初公判の日も間近に迫っており、白石は接見や書類仕事に追われる忙しい毎日を過ごしていた。

そして藤巻との関係は、やはり何の変化も無かった。

藤巻の態度は、以前と何ひとつ変わっていない。自分が言った事、した事の全てを忘れ果てているとしか思えなかった。

冗談じゃなかったのになぁ――。

あの夜の帰り際、背中に聞こえた藤巻の声が何かにつけ耳の奥から聞こえてくる。

冗談でなければ、本気だったというのだろうか。ならば、どうして藤巻は何も言ってこないのだろう。何も行動に起こさないのだろう。

藤巻はいったいどういうつもりなのだろう――。

多忙を極める中でも、ふとした隙に藤巻の事を考えている。近頃は三上の事を考えているより、藤巻の事を考えている時間の方が長い気がした。

自分は藤巻に何を望んでいるのだろう。

そして藤巻は――。

ぼんやりとそんな事を考えながら歩いていると、いつのまにか信号が赤に変わっていた。走ってきた車にクラクションを鳴らされ、慌てて横断歩道を渡りきる。

「ああ、俺、何やってるんだよ、もう――」

どうしても藤巻の事が頭から離れない。

そんな自分に嫌気が差しつつ、白石は書類の束を抱えて電車に乗り込んだ。

東京地裁の十四階にある民事部へ書類を提出した白石は、ふと思い立ったように法廷のある階でエレベーターを降りた。確か今日は四二六号法廷で藤巻が弁護をする裁判があったはずだ。

エレベーターホールから廊下に出ると、長い廊下が左右に広がっている。四二六号法廷へ向かおうとした白石は、その廊下のちょうど真ん中あたりに藤巻の姿を見つけ、思わずその場に立ち止まった。

もう公判が終わったのだろうか、藤巻が廊下で誰かと立ち話をしている。相手は女性だった。遠めで見てもかなりの美人なのがわかる。藤巻が事務員の条件として掲げている女性を具現したような、すらりと背の高いスタイル抜群の女性だった。

依頼人なのだろうか。それとも知り合いなのだろうか。

普段は見せないような笑みを浮かべ、藤巻は親しそうに女に話しかけている。女もまた、藤巻に向かって艶やかな笑顔を見せていた。

それにわけのわからない苛立ちを覚え、白石は思わず踵を返した。

胸の中に渦巻くもやもやとした感情。これを言葉に言い表すならば、嫉妬の一言に尽きた。

どうして藤巻と話をしている女に嫉妬などしてしまうのだろう。別に藤巻が誰と話をしていようが、誰に向かって笑いかけていようが知ったことではないではないか。

なのにどうしてこんなにも胸が苦しくなるのだろう。

どうして――。

そこにいること自体が辛く感じ、足早にエレベーターホールへと向かう。いくつかの法廷を通り過ぎたところで、ふいに横合いから腕を引かれた。

「公平」

「三上先生……」

公判に来ていたのか、エレベーターホール近くにある法廷前の壁際に立っていた三上は、白石を見下ろすと、ふんと鼻を鳴らした。

「この前はやってくれたな」

野島かなえの事件を指しているのだろう、皮肉っぽく言った三上は白石をぐいと壁に押し付けた。

「おまえらのおかげでこっちは信用がた落ちだ」

「そんなの言いがかりでしょう」

「そうだな。ただの言いがかりだ。全く、おまえらの無茶ぶりにはやられたよ」

眼差しを鋭くした三上は、ふと廊下の向こうに目をやり意味深な笑みを浮かべた。

「相変わらずみたいだな、藤巻は」

「相変わらず？」

「ああ。相変わらず女好きだって言ってるんだ」

思わず目を見開いた白石にそう言うと、三上は呆れ顔で肩をすくめた。

「女と見れば誰でも口説く。あいつの女好きは病気だからな」

「そんな事知ってますよ。毎晩せっせとキャバクラ通いをしてますからね」

「それだけじゃないだろう？」

「え？」

「あいつは女に見境がない。何せ弁護士の肩書きで女を食い散らかしてるような奴だからな」

「別に藤巻さんは――」

「依頼人の女性、確か野島かなえと言ったか。どうせ彼女も口説いていたんだろう？」

言われて白石は眉をひそめた。

笑った顔の方がいいよ――。

口説くとまではいかないが、藤巻はかなえにそんな事を言っていた。それにかなえも嬉しそうに微笑んでいた。

思わず口ごもった白石に、三上がにやりと笑う。

「気になるんだろう、あそこにいる女の事が」

「別に気になんか――」

言いかけた白石の言葉を畳み込むように、三上が言った。

「佐伯《さえき》美香子。藤巻の女だ」

「女？」

問い返した白石に、三上は大仰《おおぎょう》に肩をすくめる。

「何だ、知らなかったのか」

知るも知らないも無い。藤巻の事務所に移籍して三ヶ月がたつが、藤巻に女がいたなど初耳だった。毎晩遊び歩いているのは知っているが、特別な関係にある女がいるという話は一度として聞いた事がなかった。

「あの人、藤巻さんの彼女なんですか？」

「彼女なんてかわいいもんじゃないさ。佐伯も私たちと同期でね。あいつらは修習時代からの付き合いで、腐れ縁てやつだ。まあ、その間に藤巻は他の女を何人もつまみ食いしているがな」

「つまみ食い……」

「弁護士っていうだけでほいほいついて来る女は多いからな。よりどりみどり食い放題っていうやつだ。おまえも経験があるだろう？」

確かに三上の言う事には一理ある。友人の付き合いで嫌々ながらも参加した合コンでは、弁護士という肩書きだけで女性たちは目を輝かせた。

「あいつの女好きは今に始まった事じゃない。昔から下半身にだらしない男だからな」

「……藤巻さんが女好きだから何だって言うんですか。俺は別に――」

「気になっているんじゃないのか、藤巻の事が」

言われて思わず白石は黙り込んだ。

「図星か」

「お……俺は――」

「私と別れてもう藤巻に乗り換えるのか？　案外尻軽だったんだな、おまえは」

唇を歪めて笑い、三上は呆れたとばかりに首を振った。

「何なら一度藤巻を誘ってみたらどうだ？　女にしか興味が無い男だが、案外おまえなら抱いてくれるかもしれないぞ」

皮肉っぽく言った三上は、ふいに白石の耳元に唇を寄せた。

「おまえがどれだけ思っていても、藤巻はおまえの事なんか相手にしない。私のところに戻って来る気があるなら、いつでも戻って来い――」

軽く手を振り三上がエレベーターホールへと歩いていく。それを見送りながら、白石は拳《こぶし》を握り締めた。

おまえがどれほど思っていても、藤巻はおまえの事なんか相手にしない――。

三上に言われた言葉を反芻し、唇を噛む。

何も反論できなかった。三上の言うとおり、藤巻は自分の事など相手にしていないのだろう。あの夜のことも所詮は冗談だった。落ち込んでいる白石を慰めがてらからかっただけに過ぎない。その証拠に、藤巻はあれ以降、何も言ってこないではないか。

先ほどの三上の言葉が、鋭い杭となって胸に深く突き刺さる。

自分を抱きたいと言ったその同じ口で、女と楽しそうに話している藤巻に対する怒り。藤巻に笑いかけている女への嫉妬。それらが止め処無く溢れ出してくる。

廊下の向こう側からは、時折藤巻の笑う声が聞こえてくる。

自分が理不尽なのは百も承知だ。けれど、感情がどうしても抑えられなかった。

そんな声で笑うな。

そんな女に笑顔なんか向けるな——！

そう叫んでしまいそうな気持ちを必死で堪《こら》えながら、白石はエレベーターに乗り込んだ。

14

その日は夕方になっても藤巻は戻ってこなかった。

公判の後で何か用事があるような事は言っていたが、その用事が何であるのかまでは詳しく聞いていなかった。いつもなら、どこに行く、誰と会って来ると白石に告げて出て行く藤巻が、今日に限って何も言わずに出て行った。

考えたくは無いが、脳裏に浮かぶのは裁判所で藤巻と一緒にいたあの女の事ばかりだ。藤巻の女。三上が言ったその言葉が何度も頭の中でこだまする。だからどうしたと否定しても、耳の奥から呪いの言葉のように聞こえてくる。

作りかけていた書類の画面を閉じた白石は、乱暴にパソコンの電源を落とした。

今日はもう何をやっても無駄だろう。気が散って単純な書類ひとつ片付けることができない。それもこれも藤巻の――。

そう思っていたところに、ふいに事務所のドアが開いた。

「あれ？　白石君、まだ残ってたの？」

いつもどおりあっけらかんとそう言って入ってきた藤巻は、そこが定位置とばかりにソファに腰を下ろした。

白石の横を通り過ぎる際、酒の匂いがふわりと漂う。いや、酒だけではない。それ以外の何かも――。

「お酒……飲んできたんですか？」

そう言った白石に藤巻が慌ててスーツの匂いをかぐ。

「え？　あ、ごめん。匂う？　ちょっと飲みすぎちゃったかなぁ」

少しほろ酔いかげんの藤巻に苛立ちを感じながら、白石はぽつりと言った。

「どなたかと会っていたんですか？」

「ん？　ああ、うん……まあ、ちょっとね」

やけに歯切れが悪い藤巻にますます苛立ちを感じる。言ってはいけないと思いつつ、思わずその言葉を口にした。

「今日廊下で話していた女性ですか？」

「え？　何だ、見てたのか」

責めるような口調で言った藤巻に、白石の苛立ちは限界に来た。

「きれいな方ですよね。楽しそうに話してて」

「まあ……美人っちゃあ美人だけど……何？　白石君、何か怒ってる？」

「怒っている風に見えますか？　俺はあなたの軽さに呆れてるんです」

「俺の軽さ？」

「ええ。だってそうでしょう。俺を誘ったその口でさっそく女性を誘うんですか」

「え？　ちょ……白石君、何言ってんの？」

もう止まらない。止められない。自分が理不尽な事を言っているのは百も承知だった。けれど、言わずにはいられなかった。

「別に言い訳なんかしなくていいです。先日のあれが冗談だったっていうのはわかってますし、そもそもあなたが軽薄でも女好きでも俺には何の関係も無い事ですから」

「ちょっと待ってよ。軽薄とか女好きとか、いきなり何だよ？　白石君、何怒ってんの？」

「別に怒っていません。あなたの調子の良さに呆れているだけです」

「調子いいって、何だよ、何の事だよ」

「ほんの少しでもあなたに気持ちが傾きかけた俺が馬鹿でした。もしかするとって期待を抱いて……そんなわけないのに……」

「白石君？　どうしたんだよ。何をそんなに——」

「何を？　自分の馬鹿さかげんに嫌気が差してるんです。一瞬でもあなたを好きになった自分が馬鹿だったって呆れてるんですよ！」

何もかもを吐き捨てるように言った白石は、慌てる藤巻に背を向けると、そのまま事務所を飛び出した。


靖国通りに出た白石は、どこへ行くとも無しにただ通りを歩いた。

もう信じない。

好きだ、愛しているというその場限りの言葉なんて、もう信じない。

欲しいのはそんなものではないのに、わかっているのにまたその言葉に騙される。

三上が与える偽りの愛。藤巻が吐く嘘の言葉。そこに真実など何も無い。どれもこれも最初から本物ではない事がわかっているのに、それを信じようとする自分がいる。

とぼとぼと通りを歩いていると、若い夫婦が子供を連れて歩いているのが目に入った。

両親に手をつながれ、楽しそうにはしゃぐ子供。幸せそうな夫婦。それらに三上の家族が被り、白石はそこから思わずそこから目を背けた。

まだ三上の事務所にいた頃、一度だけ三上の妻を見た。清楚で控えめな女性だった。白石や事務所にいた他の弁護士たちに夫をよろしくお願いしますと頭を下げていた。

その女性を裏切り夫を盗む事に何の罪悪感も抱かなかった。三上とは所詮ただの遊びだ。そう割りきったつもりでいた。

だが、三上との逢瀬を繰り返すうちに、それは徐々に嫉妬心へと変わっていった。

三上に会うたびに、指に嵌められたエンゲージリングを見るたびに脳裏にちらつく三上の妻の顔。三上の家族。自分には決して与えられる事のない幸福。

得る事ができないと思えば思うほどそれが欲しくなった。それを持っている三上の家族が憎くなった。

めちゃくちゃにしてやりたかったのよ――。

留置所の接見室でそう言った沼田麻里絵の言葉が、頭の中で響き渡る。

めちゃくちゃにしてやればよかったのか。

三上の家庭を、家族を壊してやればよかったのか。

いや、そうではない。嫉妬はしたが、家庭を壊そうと思った事は一度も無かった。ただ、愛して欲しかった。自分だけに向けられる愛が欲しかった。

三上が与えてくれなかったそれを、今度は藤巻に求めようとしている自分がいる。

「馬鹿だよな……」

ぽつりと呟いた白石の頬に冷たいものが当たった。

どうしようもなく気が沈んでいる時に雨とは、おあつらえ向きすぎて泣けてくる。

少しずつ降りが激しくなってくる中、傘もささずに歩く自分は、他の人間の目にはどんな風に映っているのだろうか。自分が馬鹿で惨めすぎて笑いすらこみ上げてくる。

降りしきる雨を車のライト越しにぼんやり見ていると、ふいに頭上に傘がさしかけられた。

まさかと思いつつ顔を上げると、藤巻がそこに立っていた。

「風邪、引くよ？」

いつもと変わらぬ笑みを浮かべ、藤巻はそう言った。

走って追いかけてきたのだろうか、藤巻のズボンの裾が跳ねた雨でびっしょり濡れている。

「藤巻さん……」

「とりあえず戻ろうよ、白石君」

そう言って微笑んだ藤巻は、白石の肩をそっと抱いた。

雨が目に入ったのか、それとも涙なのか、ぼんやり見上げた藤巻の顔が霞《かす》む。

「帰ろう」

もう一度言った藤巻に、白石は無言のまま頷いた。

15

藤巻が戻っていったのは、古ぼけた事務所ではなく、その向かい側にある自宅マンションだった。

藤巻の部屋に来るのはこれで二度目だった。一度目はどうやって来たのか覚えていない。事務所と同じく雑然と物が置かれた部屋に入った藤巻は、雨に濡れたスーツのジャケットをソファに放り投げた。よくよく見れば、藤巻も全身ずぶぬれ状態だった。

「そんなとこ突っ立ってないでさ、入れば？」

そう促されて部屋の中へと入る。

「すみません……」

入口に立ちつくす白石に、藤巻はそっとタオルを差し出した。

「どうしたんだよ、白石君」

自分が濡れている事も構わず、藤巻は白石の髪を拭く。

「らしくないよ。何があったんだ？」

「いろいろと馬鹿な事を考えてました」

「馬鹿な事？」

繰り返した藤巻に無言で頷き、笑みを浮かべる。笑ったつもりだったが、涙がこぼれそうになった。

「さっき、通りで家族連れを見かけたんです。そうしたら三上先生の家庭の事を思い出して……自分の存在が馬鹿馬鹿しくなって……一瞬何もかもぶち壊してやりたくなりました」

壊れてしまえばいい。何もかも壊れてしまえばいい。そう思った自分がこの上もなく惨めで、滑稽《こっけい》で、泣けてきた。

「……俺、最低なんです。三上先生の事をまだ引きずってるくせに、藤巻さんの事まで気になって……」

「俺の事？」

鸚鵡返しに聞いた藤巻に頷き、白石は言った。

「法廷の前で藤巻さんと楽しそうに笑っていた女性に嫉妬しました」

羨《うらや》ましくて、悔しくて、たまらなかった。その場で叫び出しそうなほどに嫉妬をした。

「あっちにふらふら、こっちにふらふらって、最低ですよね、俺」

「白石君――」

「藤巻さんが付き合っている女性と話をするなんて当たり前ですよね……なのに俺――」

「は？　付き合ってるって誰と誰が？」

目を丸くした藤巻に、白石は訝《いぶか》しげに首を傾げる。

「藤巻さん、今日話をしていた女性と付き合っているんでしょう？」

「はぁ？」

「他にもあっちこっちでつまみ食いをしてるって聞きました。そりゃそうですよね。毎晩あれだけ遊び歩いてて、女性と何も無い方がおかしいですし。南雲先生も藤巻さんの女遊びは病気だって言ってたし……」

「はああっ？」

部屋に藤巻の素っ頓狂な声が響き渡る。

「ちょ……ちょっと待ってよっ。いや、確かに毎晩飲みに行ったりはしてるよ。でも、あっちこっちでつまみ食いなんてしてないよ！」

「昔から女にだらしないって聞きました。弁護士の肩書きを使って女を食ってるって……」

「ちょ……待ってよ！　そんな事してない！　誰だよ、そんな妙な噂たててるのは！」

黙り込んだ白石に、藤巻はわかったとばかりに舌打ちをした。

「三上だな？　三上の馬鹿野郎だな？」

こくっと頷いた白石に、藤巻はげんなりと肩を落とした。

「白石君さぁ……信じるなよ、そういうの」

「……違うんですか？」

「ちーがーうー！　今日のあれは彼女でもなんでもない！　あれは俺の元女房！」

「……え？」

「だから、離婚した女房だってば」

「は？　奥さん？」

面倒臭そうに頷いた藤巻は、ソファに腰を下ろすとテーブルの上の煙草に手を伸ばした。

「佐伯美香子は俺の元奥さん。って言っても結婚してたの一年くらいだけどね」

煙草を一本はじき出し、ソファに放り投げたスーツのポケットを探ってライターを取り出す。煙草に火をつけた藤巻は、大きなため息と共に煙を吐き出し、天井を見上げた。

「弁護士になった翌年さ、結婚したんだよ。同期だった美香子と。でもね――」

その婚姻はわずか一年で破綻したと藤巻は言った。

「勢いだけだったんだよなぁ。美香子からすごくプッシュされてさ。まあ、美人だし、気も合うし、弁護士同士だから結婚しても仕事もしやすいかなぁと思ったんだよね。でも、実際結婚してみると、『あれ？』って感じでさ」

「愛せなかった」と藤巻は言った。

「別に美香子の事が嫌いだとかじゃないんだ。なんかこう、一緒にいてもしっくりこないと言うか……もしかすると俺ってゲイなのかなって思ってさぁ」

「は？」

「いや、そこんところは自分でもよくわからないんだけどね。女の子たちと遊ぶのはいいんだけど、抱いてもちっとも楽しくないって言うか……勃たないわけじゃないんだけど、とにかくダメなんだよ」

そんな事も露知《つゆし》らず、佐伯美香子は藤巻を愛し、献身的に尽くした。

容姿端麗で頭が切れる美香子は、何をさせても完璧にこなす。弁護士としても妻としても非の打ち所が無い。だが、それが藤巻にとってますます重荷となった。

「あいつが完璧であればあるほど俺には過ぎた女だと思ってね。なのに俺はあいつを愛せない。あいつを騙してるような気がして、何だか申し訳なくてさ。だんだん一緒に暮らすのが苦痛になってきて、それで離婚してくれって言ったんだ」

「奥さんには自分はゲイだって言ったんですか？」

「いや。言ってない。っていうか、その時はほとんど自覚なかったんだもん。ただ、愛せない、一緒に暮らせないって言って納得してもらった」

「そんな勝手な理由でよく離婚してもらえましたね」

「そ。最低な理由だろ？」

苦笑した藤巻は、天井に向かってぷかりと煙を吐き出した。

「美香子には何の落ち度も無いのに離婚してくれって言ったのが俺だろ。だから俺、莫大な慰謝料払ってんのよ」

「莫大っていくら請求されたんですか？」

「五千万円」

「ご……五千万？」

さくっと金額を言った藤巻に、今度は白石が素っ頓狂な声をあげた。

通常婚姻期間が一年未満の場合、慰謝料の相場は二百万円以下がほとんどだ。なのに藤巻はその二十倍以上の慰謝料を支払っているという。

「どうしてそんな馬鹿げた額に応じたりしたんですか」

「彼女のプライドの値段だと思えば高くないさ。俺も美香子と争うのは嫌だったしね」

そう言って肩をすくめ、短くなった煙草を灰皿にねじ込む。

「ま、そんなこんなで、今もその五千万を毎月数十万ずつ分割で払ってるわけ。今日はその話をしてたんだよ」

「……でもすごく楽しそうに話をしてましたよね」

「楽しそうだったのは慰謝料貰うあいつだけ。払う俺はちっとも楽しくないっての」

「……それを俺に信じろって言うんですか？」

「何なら美香子に会って話する？　あなたは藤巻の女ですかなんて言ったらぶん殴られるよ」

「じゃあ他にも女性を何人もつまみ食いしているっていうのは……」

「それも嘘。がっぽり慰謝料取られて、女を何人もつまみ食う金がどこにあるんだよ。だいたい、そんな金があったらもうちょっときれいなビルに事務所を移転してるって」

慰謝料を払わなければならないような事をしたのは自分だけれどと自虐し、藤巻は肩を落とす。

「ったく、三上の野郎、裁判に負けた腹いせにある事ない事吹き込みやがって」

「でも、ほとんど毎晩キャバクラに行ってますよね。あれって――」

「だから、あれは、ほら、相談会してるって言ったじゃん。あれだよ、あれ。まあ、ついでに飲んではいるけど、女の子とどうこうとかは一切ないって」

うんざりとそう言った藤巻は、どっとソファに背をもたれさせた。もう一度煙草を手に取るとパッケージの底を叩いて一本はじき出す。それに火をつけた藤巻は、ため息と共に煙を吐き出した。

「まあ、信じる信じないは白石君しだいだけどね」

甘ったるい香りを撒き散らしながら、煙がふわりと天井に上る。

どれくらいそうしていただろうか。天井に上って行く煙をぼんやりと見ていた白石は、何かを吹っ切ったような笑みを浮かべた。

「奥さんだったたんですか……」

ぽつりと呟き、小さく笑う。

「俺……馬鹿みたいだ」

「白石君？」

「嫉妬したんです……俺、藤巻さんが女性と楽しそうに話をしているのを見て、ものすごく腹が立った」

「どうして？」

「たぶん……藤巻さんの事が好きだから……」

ぽつりと言った白石を、藤巻がぽかんと見上げる。

テーブルの上の灰皿を引き寄せ煙草をねじ込んだ藤巻は、もう一度煙草に手を伸ばしかけ、だが、そのまま白石の手を取った。

いきなり力強い手に引かれ、白石は藤巻の胸に倒れこむ。呆然とした面持ちで見上げると、藤巻がにやりと笑った。

「やっと目の前のイイ男に気がついた？」

「遅いよ」と笑った藤巻の唇が、白石の唇を覆う。ついばむように軽く口づけた藤巻は、つと唾液に濡れた白石の唇に指を這わせた。

「白石君から見たら俺はいいかげんでだらしない男かもしれないけど、これに関してはいいかげんな気持ちじゃないよ」

「藤巻さん——」

「俺は最初から君の事が気になってたよ。君がここに来る前からね」

「え……」

「ここに来る一ヶ月くらい前かな。白石君、俺が弁護した裁判を見に来てただろう？」

言われて白石は驚いた。

確かに藤巻が弁護をしている裁判を傍聴したが、まさか藤巻がそれに気付いていたとは思いもしなかった。

「俺が傍聴してたの、気付いてたんですか？」

「そりゃ気付くさ。単純な傷害事件だよ？　なのに冒頭手続きから判決まで毎回いたら気付かない方がおかしいだろう」

毎回傍聴席の一番後ろの席に座っている白石が気になって仕方なかったと、藤巻は笑って言った。

「白石君の事はその前から知ってたよ。地裁で三上と一緒にいるところを何度か見たからね。三上とできてるんだろうなって一発でわかった」

「どうして……」

「白石君、三上といる時すごく幸せそうな顔をしてたからね」

「え……」

「三上がバイセクシャルなのは知ってたし、白石君は見るからにあいつの好みっぽかったから。あの野郎、たぶん手を出したんだろうなって思った」

「そう……だったんですか」

「だからさ、白石君がいきなりうちに置いてくれって言ってきた時は本気でびっくりしたんだ。三上と何かあったのかなとも思ったけどね」

「……実際何かあったんですけどね」

自嘲するように笑い、白石は言った。

「ずっと前から別れようと思ってたんです。側にいたら心が揺らぐし、それで三上先生の事務所を出たんです。ここに来たのは藤巻さんの弁護方針に惹かれたっていうのもありますけど、半分くらいはあの人への嫌がらせでした。でも——」

「でも？」

「今は違うかもしれません」

「もう三上への未練はなくなった？」

「……わかりません。まだ時々あの人の事を考えている自分がいます」

「じゃあ、未練を断ち切るために目の前のイイ男に抱かれてみるっていうのはどう？」

そう言った藤巻を、白石が訝しげに見詰める。

「……またイイ男がどこにいるのかって言うつもりだろ？」

「いえ」

「白石君?」

「藤巻さん……俺の目、もしかすると節穴かもしれません」

「は?」

何の事だかわからないとばかりに首を傾げる藤巻に、白石は真剣な面持ちで言った。

「今すごく藤巻さんがイイ男に見えました」

「ええと……だから節穴?」

「はい」

「……白石君さぁ、そういうとこ、何気にキツイよねぇ」

そう言って苦笑した藤巻に、白石はつと手を伸ばした。

「えっと……白石君?」

「未練、断ち切ってもいいですか?」

驚く藤巻の手首を掴み、そのままソファに押し倒す。

「お……おい……?」

「断ち切るために目の前のイイ男が抱いてくれるんでしょう?」

笑った白石は、藤巻のネクタイを解くと、それをするりと抜き取った。

「し……白石君?」

「俺の未練、今すぐ断ち切ってください」

真剣な面持ちでそう言った白石は、藤巻の唇に自分の唇を押し付けた。

16

ソファに浅く腰をかけた藤巻は、腰のあたりからじわりと上がってくる快感に、思わず息を呑んだ。

「ちょ……ちょっと、白石君、そんな急に――」

「いいから黙っていてください」

抗議の声を無視した白石は、藤巻の股間に顔を埋めると、硬く勃ち上がったものをゆっくりと喉の奥へと導いていった。

「うわ……し……白石君……」

弾力のある先端を舌で舐め上げ、唇をすぼめて竿を擦る。舌を濃厚に絡めるたびに、藤巻のものが口の中でびくびくと震えた。

「し……白石君っ……ちょっと待って……ちょ……」

竿を擦るように唇を動かすと、藤巻のものが口腔でぐっと反り返った。今にも達してしまいそうなのか、藤巻は慌てて白石の肩を掴む。だが、焦る藤巻を無視し、白石は口淫を続けた。

口腔に導いたものに舌を絡ませ、喉の奥を締める。そのまま頭を引くと、唾液に絡まったそれが天を突いたまま姿を見せた。

ほっと息をつく藤巻を見上げ、白石は淫靡《いんび》な笑みを浮かべる。

「気持ちいいですか？」

問いかけた白石に、藤巻は少し困ったような顔をした。

「……よくないですか？」

「いや……よくないって言うか……白石君、上手すぎ……」

苦笑混じりに言った藤巻に、柔らかく微笑み、白石はまた亀頭に舌を這わせた。

硬くなった竿部分を手で軽く上下すると、鈴口からじわりと透明な液体が滲み出してくる。

先走りを滲ませる鈴口を、舌先で割るように何度も舐め上げると、そのたびに藤巻は小さくため息をついて喉をのけ反らせた。

「ねえ、白石君……」

ふと問いかけられ、白石は先端に唇を押し付けたまま藤巻を見上げる。

「何かさぁ、俺が抱かれてる気分なんだけど……」

「じゃあその気分を存分に味わってください」

そう言って笑った白石はまた、唇を開く。再びそれを口の中に導いた白石は、今度は激しく頭を前後に揺らした。

唾液を絡ませた藤巻のものが、白石の唇を何度も出入りする。やがてそれは解放を求め、

口の中でびくびくと震え始めた。

「わ……うわ……ちょ……ダメだってっ！」

このままでは白石の口の中で放ってしまう。そう感じた藤巻が慌てて腰を引く。だが、しっかりと腰に回された白石の手は、藤巻の逃げを赦そうとしなかった。

「し、白石君っ！　ダメだって！　イクからっ……白——」

息を呑むような声の後、藤巻の体が硬直する。直後に口の中一杯に雄の匂いが広がり、白石は目を細めた。竿に舌を絡めながら唇を引き、ごくんと小さく喉を鳴らす。

藤巻が放ったものを全て飲み込んだ白石は、ゆっくりと顔を上げた。

「ごちそう様でした」

そう言って微笑んだ白石に、ぐったりとソファに背をもたれさせた藤巻は何とも言えない複雑な表情を浮かべた。

「どうかしましたか？」

「……何て言うか……俺、犯されちゃった気分……」

「じゃあ次は逆の気分を味わいますか？」

「え……？」

淫靡な笑みを浮かべて立ち上がると、白石はスーツを脱ぎ捨てた。

慌てる藤巻の前で全てを曝け出す。

「ちょ……白石君っ」

「自分だけ気持ちよくなるってずるいですよね」

「ええと……今すぐっていうのは、俺的にはちょっと無理なんだけど……せめてあと十分くらいは……」

「大丈夫です。すぐに気持ちよくさせてあげます」

言いざま、白石は藤巻の膝に跨った。

「し……白石君っ」

慌てる藤巻にかまわず、白石は達して中折れしたものに手を伸ばす。軽く上下に擦ると、それがびくんと手の中で跳ねた。

「まだ元気そうじゃないですか」

「……何かドSな女王様にいびられてる気分なんだけど」

「そういうのがお好みなんでしょう？」

笑いながら、白石はまだ精液を滲み出させている鈴口をするりと指の腹で擦り上げた。とたん、藤巻のものが腹に向かってぐっと勃ち上がる。唾液と精液で濡れた亀頭の裏を親指で撫でまわすと、藤巻のものはいとも簡単に復活した。

「四十前の割には元気なんですね、藤巻さん」

「……そういうかわいくない事言ってると、腰が立たなくなるまで犯っちゃうぞ」

「望むところですね」

「オジさんの体力、舐めないでくださいね」

「二十代の体力も舐めんなよ」

淫靡な笑みを浮かべた白石は、ソファに引っかけたスーツのポケットを探る。定期入れを取り出すと、そこから銀色のパッケージをふたつ取り出した。

中から出てきたコンドームと思《おぼ》しきそれを、藤巻が唖然とした面持ちで見やる。

「用意周到だねぇ……」

感心したように呟いた藤巻を、白石はふんと鼻で笑った。

「こんなの、男のたしなみでしょう」

「たしなみ――ね」

「確かに」と呟き、藤巻は肩をすくめる。

「経験の無い男は無茶をするから嫌だって言ってなかったっけ?」

「ええ。無茶をさせなければ問題ありません」

「それってどういう――」

最後まで言わせることなく、藤巻のものに手を伸ばした白石は、有無を言わせずそこにコンドームを被せた。もうひとつのパッケージも被り、潤滑剤らしきものを搾り出す。

「ちょ……ちょっと……し……白石君っ」

「こういうの、男も女も一緒なんでしょう」

以前藤巻に言われた言葉をそっくりそのまま返し、白石は硬くなった藤巻のものと自分の秘所にそれを塗りつけた。

「え？　ええっ？　ちょっとっ……」

「じっとしていてください」

先端を窪みへと導き、自らの手で尻を割り広げる。ふっと息を吐いた白石は、焦る藤巻にかまわずぐっと腰を落とした。

「う……く……」

全く慣らしていないところを押し広げられる痛みに、堪えきれない声が漏れ出る。無理矢理こじ開けた秘所がじくじくと痛み、白石は思わず藤巻にすがり付いた。

「……白石君、大丈夫？」

心配そうに声をかける藤巻に小さく頷き、白石はまたゆっくりと腰を落とす。やがてゆるゆると緩み始めた秘所は、くぷりと音を立てて亀頭を飲み込んだ。

「ふぅ……」

その瞬間、藤巻が小さく吐息を漏らす。それを耳にしながら、白石は腰を軽く前後に揺らした。とたん、痺れるような快感が駆け抜ける。藤巻を浅いところで受け入れたまま、白石はくっと背をのけ反らせた。

藤巻もまた快感を得ているのか、固く目を閉じ黙って白石の腰を抱いている。

「藤巻……さん……」

喘ぎ混じりに名を呼ぶと藤巻が薄く目を開いた。

「気持ちいいですか……？」

「うん……いいよ、すごく……」

何も言わずに微笑んだ白石は、藤巻の頬に両手を添え、ゆっくりと唇を重ねる。

舌で口腔を軽く撫でると、藤巻がそれに応えるように舌を絡ませてきた。

「ん……ぅ……」

舌を探り合い、互いを貪るようにより深く口づける。唾液が絡まり合う濃厚な口づけはやがて終わりを告げ、唇を解放した白石は体をつなげたまま藤巻の背を抱き締めた。

「初めての『男』はどうですか……？」

尋ねた白石に、藤巻が少し困惑気味な顔をする。

「不満……ですか？」

不安げに問うと、藤巻は苦笑しながら「いや――」と言った。

「不満どころか、気持ちよすぎて困ってるところ」

そんな藤巻に白石もまた笑みを返す。より深い結合をねだるように白石が腰を揺らすと、藤巻は白石の背にそっと腕を回した。

「白石君、そのまま動いてみて」

言われるままに頷き、腰を動かす。すると、それに合わせるように、藤巻が下から腰を突き上げた。

「あっ……あぁ……」

「気持ちいい？」

「すごい……藤巻さん……いい……すごく……」

藤巻が腰を動かすたびに肉を打つような音が響き、それに白石の喘ぎが重なる。

目の前で体を激しく揺らす白石を見ていた藤巻は、ぷくりと立ち上がった白石の乳首に指を這わせた。淡い色をしたそれを指で軽くつまむと、白石が甘い声をあげて喉をのけ反らせる。

「はぁ……あ……」

「ここって気持ちいいんだ？」

「……いいですよ……もっと強くしてもいいくらい……」

言われるままに藤巻が乳首を掴んだ指に力をこめる。とたん、白石の竿がぐっと腹に付くほどに反り返った。同時に藤巻を咥え込んでいる秘所がきつく締まる。

「う……わ……」

いきなりの締め付けに、慌てて藤巻が腰を引く。だがそれを赦さないとばかりに、白石は藤巻の背を抱き締めた。

「藤巻さん……いい……」

湿った音を立てながら楔《くさび》が秘所を出入りする。その音に煽られ、藤巻のものが白石の中でぐっと硬度を増した。

「あ……藤巻さん……そこ……すごく気持ちいい……」

楔が秘所の浅いところを出入りするたびに、勃起した白石のものがゆらゆらと揺れ鈴口から透明な糸を垂らす。それにそっと手を伸ばした藤巻は、竿に絡まる糸を掬うように、亀頭に指を這わせた。

「う……あ……ぁ……」

体を硬直させた白石の背を抱き、藤巻は激しく手を上下させる。白石のものがびくびくと震えると同時に、藤巻のものを咥えている秘所がよりきつく締まった。

「あ……イク……も……イきそう……」

藤巻の首にすがりつき、白石が体を震わせる。だが、達してしまう寸前、藤巻は前を嬲《なぶ》っていた手を引いた。

「え……」

熱くなった体をいきなり放り出され、白石は不満げに藤巻を見下ろす。そんな白石の視線に、藤巻はすっと目を細めた。

「藤巻……さん？」

「俺もう少し気持ちよくさせてくれるかな？」

そう言った藤巻がいきなり腰を引く。楔をずるりと引き出した藤巻は、白石の手を取ると、そのまま部屋の隅にあるベッドへ向かった。

「やっぱり本格的にやるならこっちでしょ」

笑って言った藤巻が、ベッドに白石を寝かせると、白石がくすっと笑い声を漏らした。

「ん？　何？」

「前も思ったんですけど、藤巻さんって年の割にいい体してますよね」

「あのさ……だからその『年の割に』ってての、別に付け足さなくていいから。っていうか、俺、まだ三十八だし」

不満げに肩をすくめながらベッドに入ってきた藤巻は、するりと白石の背に手を滑らせた。

「そう言う白石君だってきれいな体してると思うけどね。あの時だって、脱がせててついムラっときて――」

「あの時？」

「え？　あ……いや……」

「……あの時って、俺が酔っ払ったあの時ですか？」

「あー、えっと……」

「やっぱり何かしたんですね」

問い返した白石に、藤巻がしどろもどろと言い訳をする。

「……何かしたって言うか……その、軽くキスしたって言うか……」

「軽く？」

「さ……最初は軽くだったんだよ。でも、白石君が寝ぼけて抱きついてくるから、つい、その——」

「思いっきりキスしたんですね」

「……うん、ごめん」

やはりあれは夢ではなかったのだ。

体の芯が蕩《とろ》けてしまいそうなあの口づけも、息が苦しくなるほどの抱擁《ほうよう》も、夢ではなかった。ならばいっそ——。

「……あの時、抱いてくれればよかったのに」

「え？」

「あの時藤巻さんに抱かれてたら、もう少し早く三上先生への未練を断ち切れてたかなって——」

「いや、たぶんその前に、俺が白石君にぶん殴られてたと思うよ」

そう言って苦笑した藤巻は、ぐっと白石の手を押さえ、驚く白石の手首を引いた。ふわりと笑みを浮かべる。

「おしゃべりはこれくらいにして、そろそろ俺も楽しませてもらってもいいかな」

そう言った藤巻は、ベッドの横の小さな引き出しからコンドームを取り出した。パッケージを破っている様子をまじまじと見上げていると、藤巻が何だとばかりに小首を傾げる。

「何？」

「……俺にどうこう言っておきながら、藤巻さんこそ用意周到ですね」

「こんなの、男のたしなみなんでしょ」

にんまりと笑い、白石に軽く口づける。白石の足を抱え上げた藤巻は、先ほどの行為ですでに熟《う》れている窪みに亀頭を押し当てた。

「いまひとつ勝手がわからないから、痛かったらごめんね」

言いながら藤巻がぐっと腰を突き入れる。だが、亀頭が秘所を割った瞬間、白石は体を硬直させた。

「いっ……」

「ごめん、痛かった？」

白石の声に、藤巻が慌てて腰を引く。

「いえ……大丈夫です……」

「痛いならやめるけど——」

「やめる？　何の冗談ですか？」

ふんと鼻を鳴らした白石は、逃がすものかとばかりに藤巻の腰に足を絡めた。

「今ここでやめられた方が別の意味で痛いんですけど」

「……まあ、俺も今やめろって言われるとちょっと痛いかな」

互いに見詰め合い、思わずぷっと笑い声を漏らす。

「じゃあ、ちょっとだけ我慢してくれるかな」

そう言った藤巻に、白石は軽く口づけ目を閉じた。

もう一度秘所に亀頭が押し当てられ、白石はふっと息を吐き出す。その瞬間を狙ったかのように、藤巻のものが一気に奥まで突き入れられた。

「あっ……は……」

一旦奥まで入ったそれは、そのままずるりと引き出され、今度は浅いところを激しく責め始める。秘所を押し広げながら出入りする楔の感触に、白石は激しく身をよじらせた。

「あ……はっ……あ……あっ……」

藤巻が腰を動かすたびに、快感が脳天まで駆け抜け体が震える。何度も何度もそれを繰り返され、白石は、思わず藤巻の腕にすがりついた。

「藤……巻……さんっ」

「痛い？」

その問いに白石は激しく首を横に振った。痛いはずがない。あまりの快感に意識が飛んで

しまいそうだった。

浅く、深く、藤巻のものが体の中を蹂躙《じゅうりん》していく。肉壁を抉《えぐ》るような動きは、白石の体を暴走させるのに充分だった。

「……藤巻さん……もっと……」

思わずそう口走った白石がかっと顔を赤くする。それを見下ろした藤巻は、唇を上げると円を描くように腰を動かした。

「う……あっ……ぁ……あっ……」

「もっと、なんだろう?」

「……藤巻……さんっ……」

「もっとどうして欲しい?」

囁くように言いながら、藤巻はゆらゆらと腰を揺らす。

「白石君——」

耳朶《じだ》に息を吹き込むように名を呼ばれ、白石は藤巻の背をきつく抱き締めた。

「もっと激しく……そんなのじゃ足りない……」

「足りない、か——」

意地悪げに繰り返しながら、藤巻は秘所からずるりと楔を抜いた。そのまま白石をころりとうつ伏せにし、尻を高く上げさせる。

ひくひくと蠢《うごめ》く秘所を見下ろした藤巻は、そこにもう一度楔をねじ込んだ。

「は……あっ……ああっ」

くちゅっと音を立てて秘所が藤巻のものを飲み込む。

再び体の中に楔が入っていく快感に、白石は嬌声《きょうせい》をあげた。

藤巻のものが直腸を擦りながら出入りするたびに、体の奥が熱くなる。

背にじわりと汗を浮かべて喘ぐ白石を見下ろしていた藤巻は、硬く勃ち上がっている白石のものにそっと指を絡ませた。

先走りの糸を垂らす鈴口をあえて焦《じ》らすようにゆっくりと撫でまわし、同時に腰を突き上げる。

「あっ……あ……藤巻さん……そこ……いい……気持ちいい……」

「俺も……すごく気持ちいいよ……」

白石の耳にそう囁き、そのまま耳朶を唇で挟む。背後から白石を抱き締めた藤巻は、そのまま激しく腰を動かした。

藤巻のものが秘所を抉ると、白石は嬌声をあげて体を震わせる。やがてその嬌声は懇願するような声に変わっていった。

「ふ……藤巻さ……んっ……」

「ん？　何？」

「もう……」

もう限界だった。前と後ろを同時に責めたてられ、どこが気持ちいいのかさえわからなくなってきている。

「もう、何？」

「もう……イかせて……」

「まだだよ。まだイかせない」

「藤巻さんっ……」

「だって足りないんだろ？」

そう言って笑った藤巻は、また激しく腰を動かし始めた。

「あ……はぁ……あぁっ……」

一番感じる部分を亀頭がぐりぐりと押し上げてくる。体の芯が痺れていくような感覚に、白石は激しく身をよじらせた。

「藤……巻さんっ……もう……」

「イきたい？」

何度も頷いた白石の頬に、藤巻が軽く口づける。

そうして白石の尻を割り広げた藤巻は、最後の仕上げとばかりに激しく腰を打ち付けた。

藤巻の荒い息遣いに、白石の喘ぎが被る。何度も何度も楔が秘所を往復し、その部分が熱くなっているのではないかとさえ思った。

「は……あっ……あ……あぁ……」

前を嬲《なぶ》る藤巻の手の動きも徐々に激しくなってくる。

藤巻が腰を引き、もう一度奥へと楔を突き入れた瞬間、白石は息を呑んだ。

ずっと腰のあたりでわだかまっていたものが、一気に外に向かって解放される。二度三度と放たれた精液は、白石の腹を、そして藤巻の手を濡らし、シーツへとこぼれ落ちていった。

白石が達するのとほぼ同時に絶頂を迎えたのだろう、荒い息を吐きながら藤巻が、ぱったりと覆い被さってきた。

「……やっぱり無茶したかな？」

耳元でそう呟いた藤巻に、白石は無言で首を横に振る。抱き締めてくる手に手を添えると、藤巻が「そっか」と小さく笑った。

17

どれくらいそうして抱き合っていただろうか。時計の針の音だけが聞こえる静寂を破るかのように、白石がぽつりと言った。

「藤巻さん……上手ですね……」

「そう？」

「気持ち良すぎて頭が変になりそうでした……」

「三上より良かった？」

そう尋ねられ、白石は思わず眉間に皺を寄せる。藤巻もしまったとばかりに目を泳がせた。

「あ……あのさ……」

「そんなに三上先生と比べられたいんですか？」

「……ごめん。俺が悪かったから、比べなくていい」

「何か落ち込みそうだから」と付け足した藤巻に、白石はくすっと笑い声を漏らす。

「何？　俺、何かおかしな事言った？」

「いえ……何ていうか、藤巻さんって案外かわいい人なんだなと思って」

「かわいいって……四十前のオジさんに使う言葉じゃないでしょ、それ。同じ言うなら渋いとか、かっこいいとか――」

「ええ。もちろん渋くてかっこいいですよ」

「心が篭もってないような気がするのは俺の気のせい？」

「まさか――」

笑った白石は、藤巻の耳に唇を寄せると、囁くように言った。

「三上先生より藤巻さんの方がずっといい――」

そんな白石の言葉に藤巻は一瞬黙り込む。

「藤巻さん？」

「だからさ……三上と比べないでよ……」

がっくりと肩を落とした藤巻に、白石は小さく声を立てて笑う。ひとしきり笑うと、白石は藤巻を見詰めてぽつりと言った。

「藤巻さんこそ、俺の事、簡単に乗り換える尻軽だと思っているでしょう」

「えっと、それは三上から俺に乗り換える気になったって事？」

「乗り換えません。俺の乗り換え列車はまだホームに到着していないんです」

「ええと……じゃあ俺は？」

「ホームとホームの間に止まっている電車です」

「何それ？」

「向こう側のホームに行くのにいちいち階段を上り下りするのが面倒臭いから、両側のドアが開いている電車を通り抜ける事があるでしょう。あれです」

「ちょ……じゃあ俺は通路って事？　酷いなぁ」

だが、不満げに言った藤巻に、白石はふわりと笑みをこぼした。

「ただ、通り抜けようとしたらいきなりがドアが閉まることがあるんですよね。慌てて降りようと思ってももう発車してしまって……」

「そういうのに限って特急だったり快速だったりするんだろ?」

「ええ――」

「でも」と呟き、白石は藤巻に手を伸ばす。

「でも、何?」

問い返した藤巻に笑みを浮かべ、白石は言った。

「たまにはそういうのに乗って遠くに行くのも悪くないかなって思うんですよね。いっそ終点までって――」

「終点まで、か……」

同じ言葉を繰り返し、藤巻は白石を抱き寄せる。

「じゃあ、がっつりドア閉めて終点まで連れて行ってやるよ」

言い終わると同時に、藤巻の唇が白石の唇を覆った。

藤巻の唇の柔らかさを感じながら、白石はゆっくりと目を閉じる。

ずっとゆらゆらと揺れていた心の天秤は、藤巻の側に大きく傾こうとしていた。

18

東京地裁のロビーはその日も大勢の人でにぎわっていた。今日は政治汚職事件の公判があるため、地裁正面玄関には大勢のマスコミも詰め掛けている。

検察が総力を挙げての疑獄らしいが、別に今の白石には何の関係も無い話だ。それらを横目に法廷へ向かおうとすると、エレベーターホールで三上と出くわした。

ぼんやりとエレベーターを待っている三上は、いつもに比べるといささか精彩を欠いているように見えた。

聞くところによると、野島かなえの事件以降、三上の事務所は顧問先である企業が数件離れていったという。

隣に立った白石に気付いた三上は、視線だけを向けると皮肉っぽく唇を上げた。

「元気そうで何よりだな」

「ええ。三上先生も」

「厭味のつもりか？」

「まさか。三上先生に厭味を言えるようならとっくに独立していますよ」

「おまえたちのおかげで私はいい迷惑だ。あれから顧問先に四件も逃げられた」

「それはご愁傷様でした」

苦笑した白石に、三上がむっと口を曲げる。

なかなか降りてこないエレベーターを待っていると、三上がぽつりと言った。

「まだあいつのところにいるつもりか？」

「そうですね。もうしばらくは――」

一番右端のエレベーターが開き、人がぞろぞろと出入りする。だがそれには乗り込もうとせず、三上は白石に向き直った。

「戻って来ないか、公平」

「戻る？」

「前にも言ったとおり、おまえの机は空けてある。アソシエイトとしての給与も以前より増額しよう。何ならパートナー弁護士として――」

「あなたのところには戻りません」

「公平――」

「決めたんです。もうあなたに惑わされたりなんかしない」

「惑わされるだと？」

「ええ。偽りの言葉はもういらないんです」

「何だ、藤巻に抱いてもらいでもしたのか？」

恐らくただ揶揄《やゆ》するつもりだったのだろう。だがそう言った三上に、否定も肯定もせず白石は笑みを浮かべる。白石の笑みを肯定と受け取ったのか、三上は不快そうに眉をひそめた。

「――やっぱり尻軽だな、おまえは」

「何とでも」

「あいつといておまえに何か有益な事があるのか？」

「じゃあ、あなたといて有益な事って何ですか？」

質問に質問で返され、思わず三上が押し黙る。

やがて目の前のエレベーターが開き、白石はそれに乗り込んだ。

「後悔するぞ、公平」

「そうかもしれませんね」

三上の事務所は大きい。弁護士や司法書士、会計士などを何人も抱えている巨大法律事務所だ。今後、二度と三上を相手に争う事が無いとは必ずしも言えないだろう。大きな事務所にいることはそれだけで弁護士の信用にもなる。だが――。

「列車の扉がいきなり閉まったんですよ。仕方ないから終点まで乗る事に決めました」

何の事だかわからないとばかりに首を傾げる三上に、白石は柔らかく微笑む。

「さようなら、三上先生」

その言葉を合図のようにエレベーターの扉がゆっくりと閉まっていく。呆然とエレベーターホールに立ち尽くす三上に向かって、白石は小さく頭を下げた。

エレベーターを降り、廊下を歩いていると、法廷前に藤巻の姿があった。

廊下を歩く白石を見つけた藤巻が軽く手を上げる。

「話は終わった？」

「え？」

「三上の奴がいただろう。さっきエレベーターホールで話をしているのを見た」

そうですかと呟き、白石は藤巻を見やった。

「終わりました。終わらせてきました。全部――」

全てを終わらせてきたと言った白石に、藤巻は「そっか――」と頷いた。

廊下の奥の法廷がちょうど閉廷したのだろう、傍聴人や弁護士がぞろぞろと部屋から出てくる。それを見るとも無しに眺めていると、ふと藤巻が白石に向き直った。

「そういや今日って確か沼田さんの公判だったよね？」

「ええ」

結局、白石が弁護を引き受けた沼田麻里絵は、殺人未遂ではなく傷害罪として起訴された。その初公判が今日ようやく行われる。

「裁判まで一ヶ月か。不倫の代償にしちゃ、ちょっと大きかったかな」

「昨日接見に行ってきましたけど、彼女、少し雰囲気が変わってました」

「やさぐれちゃってた……とか？」

「いえ、逆です。吹っ切れたって言うか、最初に当番で接見した時は何もかもどうでもいいみたいな感じだったんです。でも今は少し前を向いてる感じがしました」

「前を向いてる——」

繰り返した藤巻に頷き、白石は言った。

「ええ。彼女のした事は決して許される事じゃないですけど、反省もしていますし、すでに社会的制裁は嫌っていうほど受けましたからね。何より、不倫なんて馬鹿な真似は二度としないって言ってました」

「ま、人を好きになっちゃうのに理屈なんて無いと思うけど、結局苦しむのは自分自身なわけだしね」

「それは俺自身も身に染みてわかってます」

「白石君、もしかして彼女に何か言った……とか？」

「——さあ？」

藤巻の質問に意味深に笑い、白石は法廷の扉に目を向ける。

「判決まであと一ヶ月はかかりそうですけど、情状面で酌量《しゃくりょう》の余地もありますし、上手くいけば罰金で済むんじゃないかと思います」

「お、余裕だね」

「余裕なんてありませんよ。でも、俺のボスは『赤ひげ弁護士』の愛弟子ですからね。その名に恥じないよう依頼人のために最善を尽くすだけです」

「言うねぇ。いっそ二代目赤ひげ弁護士を目指してみる?」

「――そうですね。それもいいかもしれませんね。今は目の前の事件で手が一杯ですけどね」と
一瞬驚いた顔をした藤巻に、白石は「まあ、今は目の前の事件で手が一杯ですけどね」と
軽く肩をすくめた。

そうこうしているうちに、目の前の扉が開き、人が出入りし始める。入り口に貼り出された開廷表の時刻を確かめた白石は、大きく深呼吸すると、くるりと藤巻に向き直った。

「じゃあ、行ってきます」

「ああ、頑張れよ」

いつものようにウインクを飛ばした藤巻に笑いかけ、白石は法廷の扉を開く。

法と掟の女神、テミスの天秤が自分たちの側に傾いてくれる事を願いながら――。

終わり

約束の半年

「自分を事務所に置いてもらえませんか」

東京地裁地下のレストランでカレーを頬張っていた藤巻正義《ふじまきまさよし》は、スプーンを持ったままぽかんと口を開けた。

朝一番で開かれる公判の弁護があり、食事も取らずに事務所を飛び出してきた。正確に言えば、取らずにではなく、寝坊をしたせいで取りたくても取れなかったわけだが。

昨晩は、キャバクラを二件はしごした後、女の子たちを連れてすし屋に行き、それから行きつけにしているバー『天秤』で明け方近くまで飲んでいた。寝不足と飲みすぎ食べすぎでバテきった胃にいきなりカレーは無いだろうと自分でも思いつつ、朝食兼昼食を取っていたところに現れたのが、目の前に立つ青年だった。

「ええと、君は――」

確か――と言いかけたところで、青年がぐっと身を乗り出す。

「白石公平《しらいしこうへい》と言います。六十三期です。先月まで三上《みかみ》法律事務所に在籍していました」

一気にそう自己紹介した青年を呆然と見上げ、藤巻はごくんと咀嚼《そしゃく》していたニンジンを飲み込んだ。

少し細身のスーツをそつなく着こなしている青年の胸には、藤巻と同じく弁護士バッジがついている。六十三期という事は、まだ二十代後半か三十歳くらいだろうか。少し子供っぽい声質のせいか、それよりもずっと若く見える。

まだ真新しい金色のバッジをまじまじと見ていた藤巻は、軽く肩をすくめると、興味を失ったかのようにまたカレーを口にし始めた。

「藤巻先生」

「あー、ごめん。悪いけど、うち、アソシエイトは募集していないんだ」

だが、そう言った藤巻に、白石は全く怯む様子は無かった。むしろ、そんな事はわかりきっているとばかりに藤巻を睨み下ろす。

かわいい顔して頑固そうなコだなぁ――。

心の中でひっそりと呟き、藤巻は皿の隅に乗っていたらっきょうを口に放り込んだ。

「あのさぁ、うち、イソ弁雇ってる余裕なんて無いんだよ。ていうか、君、三上んところにいたんだろ？　どうして辞めちゃったの？　あそこ、イソ弁やるなら割りがいいと思うんだけど」

「辞めたのは一身上の都合です」

「一身上の都合ねぇ……」

きっぱりと言い切った白石を、テーブルに頬杖をつきながら見上げる。

その『一身上の都合』とやらが何であるかわかった気がし、藤巻は小さくため息をついた。

藤巻が白石に会うのは何も今回が初めてでは無い。

白石が藤巻の同期である三上高広《たかひろ》弁護士の法律事務所に在籍している弁護士である事は、

前々から知っていた。三上と一緒にいるところを何度か見かけているし、廊下ですれ違いもしている。

何より、先日藤巻が弁護をしていた刑事事件の裁判を、白石はずっと最後列で傍聴していた。

コインパーキング内で起きた傷害事件の裁判は、冒頭手続きから判決まで五回開かれたが、その五回とも傍聴席に白石の姿があった。

最初はただの傍聴人だろうと気にも留めなかった。それが三上と一緒にいた若手弁護士だと気づいた時、さすがに鈍感な藤巻も何かわけでもあるのだろうかと気になり始めた。

だいたい、関係者でもない人間が毎回同じ席に座って同じ裁判を傍聴しているのだから、気にするなと言う方に無理がある。ましてや、三上法律事務所は事件を多く抱えている巨大事務所だ。雇っているイソ弁を、ただ単に勉強のためなどという理由で傍聴に行かせるような時間の無駄にしかならない事をするはずが無い。

なのに、白石は毎回開廷前には傍聴席に座っていた。これで勘ぐるなという方がどうかしている。

挙句に藤巻の事務所に移籍させて欲しいときた日には、三上の事務所で――いや、三上個人との間に何かあったとしか思えないではないか。

白石がバイセクシャルである三上の情人だろうことは、想像に難くなかった。

三上は妻帯者だが、情事に関しては男も女も関係ない。弁護士という肩書きを利用してその場限りの快楽を楽しむような男だ。見た目も悪くなく、洗練されていて、仕事上口も上手い。だが、いかんせん、三上と言う男は倫理観というものを欠片ほども持ち合わせていなかった。毎晩のように夜の街で飲み歩いている藤巻にだけは言われたく無いだろうが、これでよく結婚生活を続けていられるものだと、いっそ感心さえする。

そして白石は、三上の手練手管に完全に籠絡されているように感じた。

まさかその白石が、いきなり事務所に置いて欲しいと言ってくるとは思いもせず、藤巻はただ唖然とした。

「一身上の都合はまあいいとして、何で俺んところなわけ？　三上から俺の事をいろいろ聞いてるんじゃないの？」

「お噂はかねがね――」

「噂ねぇ。どうせ馬鹿弁護士とか、クズ弁護士とかだろ？」

自虐するように言った藤巻に、白石が困ったように目を泳がせる。それに小さく笑った藤巻は、持っていたスプーンを皿に置いた。

「三上んところで何があったか知らないけどさぁ、さっきも言ったとおり、アソシエイトは募集してないんだ。うちの事務所は三上んとこみたいに広くないし、何より勤務弁護士雇ってる余裕なんか無いんだよね」

「俺、貧乏なのよ」と付け足した藤巻に、白石はそれでもと身を乗り出した。

「だったらノキ弁でもかまいません」

「ノキ弁でもって……あのねぇ……」

「給料はいりません。仕事も自分で取ってきます。事務所の維持費の負担をしろというならそちらもいくらか負担します。ですから、俺を藤巻先生の事務所に置いてください」

何がそうさせるのか、意地でも食い下がってくる白石に、藤巻は目をしばたかせた。

司法制度が変わって弁護士が量産され、職にあぶれる弁護士が増えたとはいえ、弁護士会に行けば勤務弁護士の募集は掲示されているだろう。ネット上にも勤務弁護士を募集している法律事務所はごまんとある。なのに、どうしてわざわざ白石は藤巻の事務所に籍を置きたがるのだろうか。

「ええと……白石先生、だったっけ?」

「はい」

「突っ立ってないで、とりあえず座れば?」

白石に前の席を勧め、藤巻はコーヒーをふたつ注文した。

やがて運ばれてきたコーヒーにミルクだけを入れ、正面に座っている白石に目を向ける。

今まで三上と一緒にいるところを遠目でしか見た事が無かったが、改めて近くで見てみると、白石は思った以上に整った顔をしている青年だった。背も高からず低からず、均整の取れた体に、小さな頭がちょこんとのっかっている。

なるほど、三上が食いつくはずだと内心で苦笑し、藤巻はコーヒーを一口すすった。

「で、もう一度聞くけど、何で俺んとこに来たいわけ？」

「藤巻先生の弁護方針に共感したからです」

「優等生な回答だね。本当の理由は何？」

「え？」

「三上と喧嘩でもした？」

そう言った藤巻に、白石が思わず黙り込んだ。それに藤巻はくすくすと笑い声を漏らす。

「ここで黙り込んじゃダメじゃない。弁護士ならちゃんと相手を言いくるめないと」

笑い混じりに言った藤巻を、白石はいささかむっとした表情で睨みつけた。

「そんな怖い顔しないでよ。冗談だってば」

「……藤巻先生ってけっこう意地の悪い方だったんですね」

「そう？　三上の奴よりはマシだと思うけどなぁ」

へらりと笑った藤巻は、手に持っていたカップをソーサーに戻すと、改めて白石に向き直った。

「ノキ弁でいいって言ってるけど、給料無しで、やっていくあてはあるのかな？」

「……多少の顧客は持っています」

「六十三期ってことはロースクール出だよね？」

「はい」

「ロー時代の借金は？」

「……あと三百万ほど残っています」

「三百万か――」

「ふむ」と頷き、藤巻は腕を組む。

「先に言っとくけど、うち、三上んとこみたいに仕事が舞い込んでくるわけじゃないよ。正直言ってノキ弁やっていくの厳しいと思うけど」

「わかっています。それを承知の上でお願いしています」

どうやら白石の意志は固いらしい。固いのはいいのだが、十年近く一人でのんびりとやっている藤巻にとって迷惑この上ない意志でもある。

「どうあってもうちに転がり込みたいわけね……」

「ご迷惑でしょうか？」

迷惑でないわけがない。だが、迷惑だときっぱり言い切れない自分に、藤巻は苦笑した。

理由は簡単だ。

たぶん自分はこの青年に興味がある。

何のつても無い藤巻に、いきなり事務所に置いてくれと申し出てくるその根性が気に入った。何より、三上の事務所から飛び出してきたという事に興味をそそられた。

だが、興味本位だけで後輩弁護士を養えるほど藤巻の事務所に余裕は無い。何とか諦めてくれないものだろうかと思いつつ、藤巻は白石に向き直った。

「ええと、じゃあ、白石先生」

「はい」

「うちに来たいと言うならそれなりに条件を提示させてもらうけど、飲めるかい？」

「条件——ですか」

「うん。それが飲めるなら考えてもいいよ」

小さく頷いた白石に、藤巻はにんまりと笑って言った。

「最初に言ったとおり、アソシエイトは募集していないから給料は出せない。身分はあくまでノキ弁だけど、それでもいい？」

「かまいません」

「事務所にあるものは自由に使っていい。でも、完全独立採算、仕事の割り当ては無し。基本的に仕事は自分で取ってくる事。共同受任の際の報酬は二割って事でもオッケーかな？」

さあ断れとばかりに意地悪げな笑みを浮かべる。だが、白石はふっと息をつくと、藤巻の目を見ながら言った。

「わかりました」

「は？」

「その条件、全て飲めばいいんですね。わかりました」

「あ、あのさぁ……」

扱う事件が圧倒的に少ない事務所で、この条件がかなり厳しい事が本当にわかっているのだろうか。条件を出した藤巻の方が困惑してくる。

「わかったって……君は本当にそれでいいわけ？」

「はい。条件は以上ですか？」

「まあ、以上っちゃ以上だけど……」

「では、明日からでも藤巻先生の事務所におじゃましてもかまいませんか？」

「へ？　あ、明日っ？　明日って、明日っ？」

「ええ。何か問題でも？」

問題大有りだと藤巻は焦った。

ずっと一人でやってきたせいというわけではないが、事務所はとてもではないが人を招き入れられるような状態ではない。ゴミ屋敷とまではいかないが、かなりそれに近い有様だ。依頼人と会う時はほとんど近くの喫茶店を利用していたため、今まで特に支障は無かったが、ノキ弁を入れるとなると話は別だ。まずはあの散らかり放題の事務所の大掃除を始めなければ話にならない。

「あー、ええと、明日ってのはちょっと……」

「では明後日なら――」

「一週間！　一週間待って！　そしたら片付けられると――」

「片付ける？」

眉間に皺を寄せて問い返した白石に、藤巻はもごもごと口ごもった。

「その……何だ、ちょっとばかり散らかってるもんで……」

「片付けに一週間かかるほど足の踏み場もないんですか？」

「いや、足の踏み場が無いってほどじゃないんだけど、その……君の机を置くスペースを確保するのに少し時間がかかるって言うか……」

「どちらにせよ散らかっていることには違いないんですね」

「うん……まあ……」

しどろもどろ言い訳をする藤巻に白石が小さくため息をつく。そんな白石に、藤巻は困ったように頭をかいた。

「……だからさぁ、うちに来るのは止めた方がいいと思うんだよ。三上んところとは雲泥の差だし、俺はこんな感じでいいかげんだし。きっと後悔するからさ」

どの道自分は誰かと一緒にやっていく事などできない。だから、一人でやってきた。これからもそのつもりでいる。

白石というこの青年には少しばかり興味があるが、今さら余計なしがらみを背負い込むことも無いだろう。やはり、この件はきっぱりすっぱり断った方がいい。

だが、そう思った藤巻に、白石はコーヒーを口にしつつさらりと言った。

「別に構いません。後悔ならもう嫌っていうほどしましたから」

「へ？」

「今更後悔する事なんて何もありません」

いったい何があったのか、そう言い切った白石は、少し冷めたコーヒーを一息に呷り、ことんとカップをソーサーに戻した。

「提示された条件、全て飲みます。至らない点も多いかと思いますが、よろしくお願いします。藤巻先生」

ぺこりと頭を下げた白石に、藤巻は目を白黒させた。

藤巻の意志などお構いなしで、勝手にノキ弁の話が進んでいる。こういう場合、どう対処すべきなのだろうか。

「あ、あのさ、俺はまだ何も返事してないんだけど……」

「さっきの条件を飲めばいいっておっしゃいましたよね」

「いや、確かにそうなんだけど……その……なんて言うか……困ったな……」

「ご迷惑はおかけしません。一年いえ、半年でもかまいません。半年経ったら出て行きます。

それまで俺を先生の事務所に置いてください。お願いします」

押しかけ女房ならぬ押しかけノキ弁の時点で、既に多大なる迷惑がかかっているわけなのだが。

そんな言葉を飲み込み、藤巻は白石をまじまじと見やった。

いったいこの青年は何をそんなに焦っているのだろうか。何から逃げ出そうとしているのだろうか。

ふいに三上の顔が脳裏に浮かび、藤巻は眉間に皺を寄せた。

恐らく、いや、間違いなく白石が逃げようとしている相手は三上だ。

二人の間に何があったのか深く尋ねようとは思わない。三上がバイセクシャルだろうが、白石がゲイでその三上の情事の相手だろうが藤巻の知った事ではない。ただ、二人のつまらないいざこざに巻き込まれるのだけはごめんだった。

「参ったね……」

うんざりとそう言った藤巻に、白石が少し不安そうな眼差しを向けてくる。

「だめ……ですか？」

「俺、仕事以外で面倒な事に巻き込まれるの、嫌なんだよね……」

このあたりで折れてくれないだろうか。そう思いつつ、藤巻は腕を組んで黙り込む。そんな藤巻から目を逸らさず、白石もまた黙り込んだ。

無言のまま一分二分と時間が経過していく。五分を過ぎようとした時、もう限界とばかりに藤巻は大きなため息をついた。

「君さぁ、顔に似合わず強情だねぇ……」

うんざりと天井を仰ぎ、真正面に座っている白石にちらりと目を向ける。もう一度ため息をついた藤巻は、負けたとばかりにぽつりと言った。

「じゃあ、とりあえず半年……」

藤巻の言葉に、白石がはっと顔を上げる。

「半年間だけ君をうちで預かる。条件はさっきの通りだ。半年経ったら、独立するなり、他の事務所に移籍するなりしてもらう。それでもいいなら、明日からでも明後日からでも事務所に来ればいいよ」

「藤巻先生」

「半年だよ。その間に君は自分の身の振り方を考えておく事。いいね？」

そう繰り返した藤巻に、白石はこくっと頷いた。

「わかりました。藤巻先生のお世話になるのは半年の期限付きということで」

「ありがとうございます」と頭を下げ、白石が立ち上がる。それを藤巻は、「ああそうだ」と思い出したように呼び止めた。

「条件があともうひとつ」

「もうひとつ？」

繰り返した白石に藤巻は笑みを浮かる。

「その『藤巻先生』っていうの、やめてくれないかな。弁護士同士で先生、先生って言い合うの、あれ、どうも苦手でさぁ。なんか尻のあたりがこそばゆくなってくるんだよ」

「でも……」

「俺も君を白石先生とは呼ばない。それがうちに机を置く条件。オッケー？」

困惑気味に頷いた白石に笑顔を見せ、藤巻はすっと手を差し出した。

「んじゃ、ま、半年間、よろしく。白石君」


事務所のソファに座ってのんびりと雑誌をめくっていた藤巻は、ふと簡易キッチンの前に立つ白石に目を向けた。

「そろそろ四ヶ月か……」

ぽつりと呟き、雑誌をテーブルに放り投げる。

ごろりとソファに横になった藤巻は、事務所のそこかしこに置かれてある観葉植物の鉢に目をやった。

白石がノキ弁としてやって来るまで、こんなものは何も無かった。机と書架とソファセットだけが置かれ、ただ雑然としていた部屋。藤巻の机の周辺だけは相変わらず散らかり放題だが、それを見た目だけでも事務所っぽく作り替えたのは白石だ。白石がいなければ、事務所は今頃ただのゴミ屋敷となり果てていただろう。

「あと二ヶ月でまた一人か……」

壁にぶら下がっているカレンダーを眺めながらぼやいていると、つと目の前のテーブルにだるま型の湯飲みが置かれた。

「何があと二ヶ月なんですか？」

簡易キッチンから戻ってきた白石が、首を傾げながら藤巻を見下ろしている。それをぼんやりと見上げた藤巻は、大仰にため息をつくと、「よっこいしょ」と起きあがった。

「『よっこいしょ』とか『どっこらしょ』とか、最近オジさん臭いですよ、藤巻さん」

「いいんだよ。もうオジさんだから」

「この前までまだ三十八だって息巻いてたのは誰でしょうね」

「息巻いても若者の体力には勝てないんでね」

そう言った藤巻に、白石が「どうだか」と肩をすくめる。

「夜遊びの回数を減らせば、もう少し体力を温存できるんじゃないですか」

「だから、夜遊びじゃないってば」

「はいはい。法律相談ですよね」

不満げな藤巻を軽くいなし、白石は自分の机へと戻っていく。それを見送りつつ、藤巻は湯飲みを手に取った。

白石が半ば押し掛けるようにこの事務所に来てから、そろそろ四ヶ月が経つ。

半年間、君をうちで預かる。

白石をノキ弁として受け入れる際、藤巻はそう言った。その後は、独立するか、他の事務所に移籍するかどちらかを選べとも。

その半年後があと二ヶ月でやって来ようとしている。藤巻には何も言わないが、白石もそろそろ自分の身の振り方を考えている頃だろう。

「どうするのかなぁ……」

独立するにはまだ資金が足りないと言っていた。ならば、どこか他の事務所に移籍という事になるのだろうか。

書類を作っているのか、白石はパソコンのモニターを睨んでいる。それをちらりと見やり、藤巻はひっそりとため息をついた。

半年という条件を出したのは藤巻だ。だが、その半年後を目前にして、そういう条件を出してしまった事を後悔している。

あの時はまさか白石とこんな関係になるとは夢にも思わなかった。

藤巻が白石と体を合わせたのはあの雨の夜一度きりだが、たった一度の関係で白石を手放したくないと思っている自分がいる。

別に初めて経験した男同士のセックスが、思いのほか気持ちよかったからというわけではない。むろん、それも無きにしも非ずだが、それ以上に藤巻にとって白石という存在が重要なものになっていた。

だが白石はどうだろうか。

あの夜以降、白石は藤巻を誘う事も無く、何かを求めて来るでもない。という事は、あの夜が特別だっただけなのだろうか。

よくよく考えてみれば、白石にとっての藤巻は、三上への未練を断ち切るためのハサミみたいなものだ。三上との関係を完全に清算した白石には、藤巻と言うハサミは、すでに無用の長物になっているのかも知れない。

「もう俺は必要無いって事かな……」

ぽつりと呟き、藤巻はコーヒーを口にした。

このまま約束の半年になり、白石が事務所を去れば、恐らく二人の関係は何も無かったかのように消滅してしまうのだろう。

白石はまだ若い。また新たな恋をし、藤巻の事などきれいさっぱり忘れていく。それに一抹の寂しさを感じ、藤巻はがっくりと肩を落とした。

「あーあ……あんな事言わなきゃ良かった……」

どうしてあの時、半年だけなどと言ってしまったのだろう。今更ぼやいたところで仕方ない事はわかっているが、ぼやかずにはいられない。

部屋の出入り口方向を伺うと、白石が机で黙々とキーを叩いているのが見える。それをしばらく眺めていた藤巻は、その横顔に向かって声をかけた。

「ねぇ、白石君……」

藤巻の声に、白石が顔を上げる。

「何ですか？　また印紙の箱が行方不明なんですか？」

「いや、そうじゃなくて……」

「じゃあ何です？」

「……もう決まったのかなって」

あえて何がと聞かなかった藤巻に、白石が何の事だとばかりに首を傾げた。

「決まったって、何がです？」

「もうすぐ半年なんだけどさ……」

「半年？　半年がどうかしたんですか？」

あまりにもさらりとそう言われ、藤巻は目をしばたかせる。

「あの、えっと……」

「ああ、もしかしてもう忘年会の話ですか？　気が早いですね。まだ秋ですよ。どれだけ年を忘れたいんですか」

「あー、いや……そうじゃなくて……」

「そうじゃないなら何です？」

忘れているのか、それともしらを切っているのか、白石は藤巻に訝るような目を向けた。

「何って、ええと……」

もしかすると、本気で忘れているのだろうか。いや、几帳面な白石に限って予定を忘れるなどという事はないだろう。

だがしかし。

「……白石君、もしかして忘れてる？」

「忘れる？　何をです？」

約束の半年。

そう言いかけ、口を閉ざす。

訝る白石をじっと見詰めていた藤巻は、思わず相好を崩した。

「そっか。忘れてるのか」

「忘れてるんだ」ともう一度呟き、また笑みを浮かべる。一人で納得して笑う藤巻に、白石がますます訝しげに眉を寄せた。

「何ですか。忘れるの何のって、さっきから何を一人で笑ってるんです？」

「いや、いいよ。忘れてるならいいんだ」

「忘れてるって何か重要な事ですか？　だったら意地悪してないで教えてください」

「いいんだ。忘れてくれていいよ。俺もその方が助かるし」

「わからない方が気になるでしょう。教えてください」

自分の机に戻った藤巻を、白石がぱたぱたと追いかけて来る。

「藤巻さん」

「うん、いいんだ。大した事じゃないから」

「そういうもったいぶった言い方をされると、余計に気になります。何なんですか？」

「んー。どうしても教えて欲しい？」

「だから何なんですか。いい年して子供じみた事をしてないで教えてください」

「でも、あまり教えたくないんだよねぇ……」

いいから教えろと食い下がる白石をちらりと見やり、藤巻は湯飲みをことんと机に置いた。

「……じゃあさ、今晩メシに付き合うっていうのはどう？　付き合ってくれたら教えてあげる」

「夕食？」

「うん。その後『天秤』に飲みに行こう。もし酔いつぶれたら、その……また俺んちに泊まればいいし……ほら、うちだと歌舞伎町から歩いても知れてるしさ」

言い訳がましく言った藤巻を、白石がまじまじと見上げる。

そうして無言で藤巻を見上げていた白石は、ふっと唇に意味深な笑みを浮かべた。

「ええと……白石君？」

「それってもしかして誘ってくれてるんですか？」

「あー……うん。一応そのつもりだけど……どうかな？」

少し照れくさそうに言った藤巻を見詰め、白石はくすっと笑い声をあげる。

「藤巻さん、俺は藤巻さんほど意地悪じゃないから、いい事を教えてあげましょうか」

「へ？　いい事って何を？」

首を傾げた藤巻に、白石がつと手を伸ばす。息がかかるほどに顔を近づけると、白石は藤巻の耳にひっそりと囁いた。

「こういう時は、回りくどい言い方をしないで、今夜家に来ないかって誘うんです」

耳朶を食んだ唇が、そのまま藤巻の唇を深く覆う。やがてゆっくりと唇を解放した白石は、藤巻を見上げて言った。

「今から裁判所に行って来ます。夕方には帰りますので、それまでに今夜の予定を決めておいてください。そこで俺が忘れている事っていうのをじっくりと教えてもらいますから」

いつもの黒い鞄を抱え、白石は何事も無かったように事務所を出て行く。それを呆然と見送っていた藤巻は、すとんと椅子に腰を下ろした。

「えっと……？」

白石が触れていった唇を指で辿り、椅子の背もたれにどっと体を預ける。しみの浮いた天井を見上げた藤巻は、額に手を当てると、思わずくすくすと笑い声を上げた。

「参ったなぁ……」

白石を手放したくないどころか、その場で押し倒してしまいたくなった自分に呆れてくる。これでは三上の事をどうこう言えた義理ではないではないか。

最初、白石は三上の手練手管に籠絡されてしまったのだろうと思っていたが、どうやらそれは藤巻の考え違いらしい。籠絡されていたのは白石ではなく、むしろ三上の方だ。

現在進行形で白石に骨抜きにされつつある藤巻だからこそ、それがわかる。

約束の半年は二ヵ月後だが、そんなものはもうどうでもいい気分だった。

白石が残りたければ残ればいいし、独立するなら笑って送り出してやろう。

ただ、自分には、白石との関係をこのまま終わらせる気など毛頭無いという事だけはわかった。

「白石君、悪い男だねぇ……」

誰に言うともなくそう呟いた藤巻は、湯飲みを手に取りコーヒーを一気に飲み干す。

ミルクがたっぷり入ったそれには、白石なりの愛情が篭っているような気がした。

終わり

あとがき

こんにちは。オハルです。

このたびはこの本を手に取ってくださいましてありがとうございました。

今回は、よせばいいのにリーガルものに手を出し、大変な目に遭いました。

法曹用語に悩まされ、判例に悩まされ、裁判所に日参する有様。取材に応じてくださった弁護士の先生方、素人の馬鹿な質問に辛抱強く答えてくださりありがとうございました。

作中、藤巻《ふじまき》がめちゃくちゃな事をしていますが、あんな弁護士はいません。たぶんいないと思います。いない事を信じています。いたらヤだなぁ……実際いそうな感じが法曹界の怖いところです。

そして、リーガルものなのに華やかさの欠片もないこの物語に花を添えてくださったイラストレーターのみずかねりょう先生に感謝を。めちゃくちゃかっこいい藤巻と美人の白石《しらいし》に、書いた本人もびっくりです。ありがとうございました。

藤巻と白石は約束の半年が来ても、このまま二人でやっていくのだろうなぁと思います。藤巻も、『悪い男』白石に捕まったのが運のつきって事で。

それでは、またいつか他の作品を皆様にお届けできる日が来る事を願いつつ。

LiLiK Label

この本を読んでのご意見、ご感想などをお寄せください。
オハル先生　みずかねりょう先生へのお便りもお待ちしております。
〒162-0814 東京都新宿区新小川町 8-7
株式会社大誠社　LiLiK 文庫編集部気付

大誠社リリ文庫
テミスの天秤 とある弁護士の憂い

2012 年 11 月 22 日　初版発行

著者　オハル
発行人　柏木浩樹
編集人　江川美穂
発行元　株式会社大誠社
〒162-0813　東京都新宿区東五軒町5-6
電話03-5225-9627(営業)
印刷所　株式会社 誠晃印刷

ISBN　978-4-904835-81-4 C0193